叶圣陶、冰心、叶君健、高士其、陆伯咦、严文井、张天翼、秦兆、黄里、宜菁、郭风、鲁兵、任溶溶、圣野、鲁风、丹良、孙毅

光荣荆棘路上的
跋涉者

汪　胜 著

浙江工商大学出版社 | 杭州
ZHEJIANG GONGSHANG UNIVERSITY PRESS

图书在版编目(CIP)数据

光荣荆棘路上的跋涉者 / 汪胜著. —杭州:浙江
工商大学出版社,2022.2
ISBN 978-7-5178-4749-6

Ⅰ.①光… Ⅱ.①汪… Ⅲ.①传记文学—作品集—中
国—当代 Ⅳ.①I25

中国版本图书馆 CIP 数据核字(2021)第 243713 号

光荣荆棘路上的跋涉者
GUANGRONG JINGJI LUSHANG DE BASHEZHE
汪 胜 著

责任编辑	唐 红
责任校对	韩新严
封面设计	浙信文化
责任印制	包建辉
出版发行	浙江工商大学出版社
	(杭州市教工路198号 邮政编码310012)
	(E-mail:zjgsupress@163.com)
	(网址:http://www.zjgsupress.com)
	电话:0571-88904980,88831806(传真)
排 版	杭州朝曦图文设计有限公司
印 刷	杭州高腾印务有限公司
开 本	880mm×1230mm 1/32
印 张	6.625
字 数	142千
版 印 次	2022年2月第1版 2022年2月第1次印刷
书 号	ISBN 978-7-5178-4749-6
定 价	48.00元

序

蒋风

在人类发展的漫长过程中，"儿童文学"这个名词的出现还不到两个世纪，在中国，从严格的科学意义上来说，儿童文学是20世纪初的产物。1919年爆发的五四运动，为中国儿童文学揭开了新的一页。

新中国成立后，中国儿童文学在曲折中前进，在坎坷中发展、繁荣，从小到大，逐步形成了一支包括创作、翻译、教学、理论、编辑、出版等的专业队伍。以创作队伍为例，它不仅拥有20世纪20年代就曾为中国儿童文学作出过开拓性贡献的新文学创建者，如叶圣陶、冰心等名家，他们仍孜孜不倦地为中国当代儿童文学进一步的繁荣发展贡献自己的心血；还有在20世纪30年代和40年代就献身儿童文学事业的老一辈作家,如张天翼、高士其、陈伯吹、严文井、叶君健、贺宜、包蕾、金近、郭风等;更可喜的是有一批较年轻的儿童文学作家脱颖而出,任溶溶、鲁兵、洪汛涛等就是其中的代表。他们陆续参加到儿童文学阵营中,逐渐成为儿童文学创作的主力军。

我是从20世纪40年代中期开始投身儿童文学创作和研究的,是新中国第一批走上大学儿童文学讲坛的拓荒者之一。儿童文学在当时是一门相对年轻的学科,在大学的中文系里被认为是"小儿科",普遍不受重视。儿童文学的学术水准当然也无法与传统文学学科相比。在开课的3年时间里,我从中外文学遗产中点点滴滴搜寻、整理、积累,并结合教学工作编写了一份讲稿。1958年,我从中抽出一部分,并于1959年在江苏文艺出版社出版了第一本关于儿童文学方面的书《中国儿童文学讲话》,这本书被学术界认为是"中国儿童文学史的雏形"。

20世纪70年代末,儿童文学得以繁荣发展。1978年,全国少年儿童读物出版工作座谈会在江西庐山召开,会议就做好少年儿童读物的出版工作提出了许多建设性的意见。

会议还就充实少年儿童读物出版机构、扩大编辑队伍、发展壮大作者队伍、努力培养儿童文学新人、提高少年儿童报刊的质量和恢复少年儿童读物评奖制度等六方面做了认真、细致的讨论,并做了具体的规划和部署。从此,儿童文学进入新的发展阶段。

到了20世纪80年代,全国儿童文学创作队伍已达3000人左右,其中骨干力量就有1000人左右。同时,儿童文学理论和评论队伍,也从新中国成立初期的寥寥几人发展到200人左右,其中骨干力量五六十人,其他翻译、教学、编辑、出版队伍也有很大的发展。

希望出版社是"庐山会议"后成立的一家专业少年儿童出版社。20世纪80年代中期,该社推出了由我、浦漫汀、任德耀、叶永烈等人主编的理论、童话、小说、散文、诗歌、儿童剧和科学文艺等7大卷、15册的《中国儿童文学大系》,受到儿童文学界的一致好评,这套书代表了"五四"以来中国儿童文学的最高成就。2009年9月,新版《中国儿童文学大系》扩充为25册,共1700余万字,内容涵盖1919年至2008年间发表、出版的重要中短篇儿童文学作品,该书也因其大量的文献和深刻的学术价值而在海内外享有盛誉。

继《中国儿童文学大系》之后，考虑到当时有关儿童文学作家的评论很少，儿童文学作家评传丛书压根没有的现状，我和浦漫汀、樊发稼等人倡议，出版一套"中国著名儿童文学作家评传丛书"。没想到，我们的倡议得到了希望出版社的支持，我们3人担任丛书的主编，每人负责联系作者写评传，希望出版社则主动承担起编辑出版"中国著名儿童文学作家评传丛书"的职责。经过前前后后许多年的努力，一部囊括了叶圣陶、冰心、叶君健、高士其、陈伯吹、严文井、张天翼、金近、贺宜、包蕾、郭风、鲁兵、任溶溶、洪汛涛等14位传主在内的"中国著名儿童文学作家评传丛书"，终于在2001年正式出版了。这是一套堪称精品的大型丛书，具有发掘文化宝藏的意义和填补历史空白的性质。

十多年来，这套丛书一直备受儿童文学界的关注，也是每一位儿童文学爱好者必读的一套书。2015年，汪胜成为我的非学历儿童文学研究生。学习中，他把自己的创作方向放在了人物传记上，为了推广宣传"中国著名儿童文学作家评传丛书"，他启动了《光荣荆棘路上的跋涉者》的写作。他很勤奋，遇到问题经常和我探讨。经过两年的努力，这本书终于完稿,这是一件值得庆贺的事。值得点赞的是,许多文章都在《中华读书报》《作家通讯》《名人传记》《散文选刊》等杂志发表过,得到了社会各界的广泛好评。我相信,读者从这本书中,一定能得到许多收获,我期待着,年轻的汪胜能够取得更加丰硕的创作成果!

目　录

叶圣陶：为中国童话开一条自己的路／001

冰心：童心闪耀／013

叶君健：译林中人／025

高士其：一生耕耘为科普／039

陈伯吹：东方安徒生／050

严文井：『童话巨人』的追梦人生／063

张天翼：为儿童文学推开一扇窗／074

金近：站好最后一班岗／085

贺宜：把爱献给下一代／096

后 记 / 196

孙毅：永远的儿童 / 185

林良：永远的『小太阳』 / 175

蒋风：老而弥坚 不忘初心 / 163

洪汛涛：『神笔马良』的点睛之笔 / 152

任溶溶：一生就是一个童话 / 141

鲁兵：愿做『孩子王』 / 130

郭风：大自然之子 / 119

包蕾：为童话插上影剧艺术的翅膀 / 108

叶圣陶

为中国童话开一条自己的路

叶圣陶是我国现代杰出的文学家、教育家和编辑家,也是一位德高望重、功勋卓著的儿童文学大师和前辈。在中国儿童文学史上,叶圣陶有着特殊的、重要的地位。他1923年出版的童话集《稻草人》,以崭新的艺术创造、鲜明的现实精神、浓郁的中国气派和民族风格,被鲁迅誉为"给中国的童话开了一条自己创作的路",显示了"五四"新文学中儿童文学的创作实绩并奠定了整个中国现代儿童文学发展史的第一座里程碑。此后,他创作的童话同样产生了广泛而深远的影响。作为一位受人敬仰的文学巨擘和编辑行家,叶圣陶培养、扶携和影响了整整几代中国儿童文学作家。

从热爱文学到为孩子写儿童诗

叶圣陶原名叶绍钧,又名叶秉承,1894年10月出生于江苏苏州城悬桥巷内的一个账房先生家。他的祖籍是安徽,明末清初时,他的祖辈从安徽辗转来到江苏苏州。4岁时,叶圣陶就在父亲的指导下,开始了识字和书写练习。母亲则会给他讲很多谜语、童谣、儿歌等,这些有趣的内容极大地激发了叶圣陶对儿童文学的浓厚兴味。

　　6岁时,叶圣陶进了私塾学习。私塾先生对学生要求特别严格,刚开始时先生要他们读《三字经》《百家姓》《千字文》等启蒙读物,而后再进一步攻读"四书"《诗经》《易经》等书。叶圣陶特别勤奋刻苦,加之天资聪慧,没用多少时间就完成了先生的背诵要求。八九岁时,叶圣陶就开始练习做对子、写文章了。他写的第一篇题为《登高自卑说》的论说文,受到了先生的赞赏,先生不但充分肯定了文章内容切题,而且肯定了文章的结构安排;同时,先生还特别在文章中用得好的"尔"和"乎"两字旁加了红圈,这令叶圣陶第一次尝到写作成功的欢乐。从此,叶圣陶练习写作的兴趣大增,作文水平也日渐提高。后来,直到1941年春天,叶圣陶在重庆为中小学办《国文月刊》时,他还把儿时作文受到老师表扬的激动和内心感悟,写成《论写作教学》一文登在杂志上供孩子们阅读。

　　1906年,读了6年私塾的叶圣陶来到了长元吴公高等小学学习。这所学校的学制原本3年,但叶圣陶因为聪明好学,加上他在私塾奠定的深厚文化根基,只读了一年,叶圣陶就获得了学校发给他的准予报考中学的毕业文凭。1907年2月,叶圣陶考进了苏州公立第一中学堂。在这里,叶圣陶广泛阅读了各类文学作品,课余,他还组织并参加各种文学活动,创办小报并开始尝试小说写作。叶圣陶学习刻苦而勤奋,为了练笔,他还坚持写读书笔记和日记,这也极大地促进了叶圣陶后来的创作。

中学毕业后，因为家境日益困窘，叶圣陶升学无望了，为了生计，他得尽快在社会上谋职。后来，在中学校长的帮助下，叶圣陶来到了苏州城的言子庙小学当教员。在这里，叶圣陶先后教过修身、算术、国文等课程。教学中，叶圣陶很注重学习和研究教学方法，特别注重研究举一反三的教学方法。在修身课上，叶圣陶把学生应该做到的某些基本要求编织成有情节的故事或童话，讲给孩子们听。作为国文教员，他还在教学生写作文时提出，要帮助儿童破除作文的神秘感，就必须让他们认识到"出于口为言，出于笔为文"。在他的教导下，学生们不再害怕作文，而且作文水平也得到了普遍的提高。

1914年，叶圣陶离开了言子庙小学，虽然没有了工作，但为他的读书写作提供了条件，从这时起，叶圣陶摸索着开始了卖文的生活。从1913年底叶圣陶在《小说丛报》杂志发表文言小说《姑恶》算起，到1916年春夏之交发表《淞垒记》止，前后共两年半的时间，叶圣陶创作的文言小说共20余篇，这些小说大多充满写实性，尤其注重对社会下层民众的描写和反映，后来多发表在小说周刊《礼拜六》等杂志上。

在家从事文言文小说试笔的时光让叶圣陶分外孤寂，1915年4月，叶圣陶在童年伙伴郭绍虞的帮助下，匆匆从苏州来到位于上海闸北宝兴的尚公小学执教。在这里执教有一个好处，就是可以去商务印书馆附设的商务图书馆看书。借此条件，叶圣陶不但阅读了许多其他地方找不到的书籍，而且结识了许多朋友。在和他们研讨与交往中，叶圣陶获益匪浅。叶圣陶对待教学十分认真，执教不久，学校教学经验非常丰富的一位老教师就邀请他一起撰写关于国文教授法的论文。他们合作写成的题为《国文教授之商榷（一）》的论文，以两人联名的方式于次年4月在商务印书馆出版，接着，商务印书馆编辑部还邀请叶圣陶协助编纂《国文教科书》和《国文教授书》。这些教学研究，为他后来成为一个儿童文学作家和教育家奠定了扎实的根基。

历经文言文小说试作以及到上海商务印书馆所办尚公小学执教的生活变迁之后，叶圣陶渐渐从个人的孤寂苦闷中解脱出来。同时，由于受陈独秀所办《新青年》杂志的影响，他开始关注新文学。就在叶圣陶醉心于"新文学"的建设和倡导时，一阙圣洁的情爱之歌在他心灵深处不期而至地唱响了。1916年8月，叶圣陶与胡墨林女士结婚。1917年，叶圣陶受老同学的盛情邀请，不得已只好辞去尚公小学的任职，来到吴县第五高等小学任教。在此期间，叶圣陶开始自编国文教材，还和老同学王伯祥合作撰写了我国新文化运动中第一篇论及国语教育的论文《对于小学作文教授之意见》。他还尝试白话小说创作。不仅如此，叶圣陶还不忘为孩子写儿童诗。

他觉得，作为一个教师，特别是语文教师，培养小学生阅读诗歌的兴趣，是不可推卸的责任。他多次倡导"大家拿起笔来"，"为少年儿童写东西"。1920年11月，叶圣陶创作了第一首儿童诗《拜菩萨》，此后，又创作了《蝴蝶歌》《小鱼》和《白》等诗。这些儿童诗都洋溢着欢快活泼的童趣，深受孩子们的欢迎，从此，叶圣陶开始为孩子写作。

《稻草人》成中国现代文学史上第一本童话集

1921年1月，由茅盾、郑振铎、叶圣陶等人发起的文学研究会成立，在"为人生"的文艺思想的引导下，他们以《儿童世界》《小说月报》为阵地，掀起了一场有声有色的"儿童文学运动"，儿童文学也得到了蓬勃发展。也是从这时开始，叶圣陶结合多年教书生涯所积累的童心体验，开始了全新的文学体裁——童话创作。

叶圣陶通过他的《文艺谈》系列，直接表达了他的科学儿童文学观。他在《文艺谈·七》中指出，新文学应当"为最可宝贵的后来者着想，为将来的世界着想，赶紧创作适于儿童的文艺品"，把"赶紧创作适于儿童的文艺品"视为新文学所面临的一个"重要事件"。他从自己当小学教师的体验出发，把创作儿童文学看成是文学研究会每一作家的社会责任。在他看来，最能适应少年儿童心理特征与接受机能的儿童文学样式，莫过于童话了。因为童话是最能引发小读者幻想夸张、幽默诙谐和情感共鸣的一种文学体裁。

在此之前，中国的童话创作还处于草创阶段。虽然1909年上海商务印书馆就推出了我国第一个名为《童话》的文学丛刊，但是丛刊所载的童话大多属于我国传统题材与西方神话的改编或译写，原创或自创童话并不多。1921年11月，叶圣陶创作的《小白船》，开启了童话从内容到表现形式与艺术风格均为全新的独创。《小白船》是一篇以抒情的笔墨描写大自然的美和歌颂童心的优秀作品。童话一开篇就将主人公——两个孩子置于一个令人向往的诗情画意的环境之中。

一条小溪是各种可爱的东西的家。小红花站在那儿，只顾微笑，有时还跳起好看的舞来。绿色的草上缀着露珠，好像仙人的衣服上的珍珠，照得人眼花。水面上铺着青色的萍叶，矗起一朵朵黄色的萍花，好像热带地方的睡莲——可以说是小人国里的睡莲。

小鱼儿成群地来来往往，细得像绣花针，只有两颗大眼珠闪闪发光。青蛙老瞪着眼睛，不知守在那儿干什么，也许在等待他的好朋友。

这篇取材于现实生活的原创童话，不仅结构自然严谨，语言充满诗意，而且以小白船作为纯洁的象征，并用鸟儿的歌唱、船儿的洁白，暗示人间的美善爱。创作完《小白船》，叶圣陶又接着创作了童话《傻子》《燕了》，这些作品都受到了孩子们的热捧。此后，叶圣陶又迎来了第二次童话创作高潮。在一年多的时间里，叶圣陶连续创作了《地球》《芳儿的梦》《新的表》《梧桐子》《大喉咙》《稻草人》等童话。1922年6月，叶圣陶将所写的23篇童话结集为《稻草人》童话集，于次年正式出版，这是我国现代文学史上的第一本童话集。

叶圣陶的童话集《稻草人》包含着不可分割的两个部分。一是对美丽大自然和儿童爱心的礼赞与歌颂，二是对社会贫富悬殊和阶级对立状况的尽情描摹和表现。叶圣陶正是通过这两类题材的描摹叙写，既颂扬童心童趣，表现大自然的无比美丽，同时又对人间的不平和社会的黑暗予以揭露鞭笞，深刻体现了文学研究会作家一贯倡导和主张"为人生"的现实主义创作方向。

《稻草人》出版后，得到了文学界的一致好评，它既不同于沈雁冰以改写我国古代传统故事或国外神话、民间故事为题材的童话，也不同于郑振铎对外国童话的翻译。因此，叶圣陶童话发表的时间虽不算最早，但其影响却更大。郑振铎在为《稻草人》童话集所写的序言中指出："在描写一方面，全集中几乎没一篇不是成功之作。"鲁迅先生在《〈表〉译者的话》一文中也指出："十来年前，叶绍钧先生的《稻草人》是给中国的童话开了一条自己创作的路的。"可以毫不含糊地说，正是从《稻草人》开始，中国才有了标准的作家创作的艺术童话，它的出现是中国艺术童话成熟的标志。

默默耕耘童话创作与教材编写

1922年夏天，叶圣陶在写完童话集《稻草人》后，便把主要的精力放在了短篇小说的创作上，但他始终不忘童话写作，在从事文学研究会工作的同时，叶圣陶的童话创作也有了新的飞跃。1931年6月，叶圣陶的第二本童话集《古代英雄的石像》由开明书店出版。该书收集了叶圣陶1929年9月至1931年4月创作的9篇童话：《古代英雄的石像》《书的夜话》《皇帝的新衣》《含羞草》《毛贼》《蚕和蚂蚁》《绝了种的人》《熊夫人幼稚园》《慈儿》，这些作品都采用了精彩的拟人描写，吸引了少年儿童，受到了广泛好评和流传。

《古代英雄的石像》是这部童话集中的一篇。这则短篇童话写成于1929年，讲述了一位雕刻家用一块巨石凿成了一座古代英雄像，并用凿下的碎石块砌成石台，石像就高高立于石台之上。有了石像，大家也就盲目地纷纷前来鞠躬敬礼。于是石像就对砌成石台的伙伴们骄傲起来了。碎石们提醒它，从前"咱们是一整块"，但是石像已不能清醒地思考人家的劝诫了，它已被"光荣尊贵"弄昏了头，觉得碎石要跟它讲平等犹如要地跟天平等一样地做不到了。有一天晚上，石像倒下来，成了一堆乱石。人们拿这乱石去铺路，"让人们在上面高高兴兴地走"。

叶圣陶在1956年出版童话选集时，特别在《后记》中说明了这篇童话的题旨："无论大石块小石块，彼此集合在一块儿，铺成实实在在的路，让人们在上边走，这是石块的最有意义的生活。"在作品中，叶圣陶通过拟人化的手法，展示了大石头的思想变化，刻画其性格特征。《古代英雄的石像》的出版，也确立了叶圣陶在我国儿童文学创作园地的杰出地位。

此后，叶圣陶又把主要精力放在了为中、小学编写国文教材上。他在《我和儿童文学》一文中写道：

> 在儿童文学方面，我还做过一件比较大的工作。在1932年，我花了整整一年时间，编写了一部《开明小学国语课本》，初小八册，高小四册，一共十二册，四百来篇课文。这四百来篇课文，形式和内容都很庞杂，大约有一半可以说是创作，另一半是有所依据的再创作。总之，没有一篇是现成的，是抄来的。给孩子们编写语文课本，当然要着眼于培养他们的阅读能力和写作能力，因而教材必须符合语文训练的规律和程度。但是这还不够。小学生既是儿童，他们的语文课本必得是儿童文学，才能引起他们的兴趣，使他们乐于阅读，从而发展他们多方面的智

慧。当时，我编写这一部国语课本，就是这样想的。

事实上，叶圣陶编写的这400来篇课文，基本都属于儿童文学范畴，所以，这套课本的编写实际就是进行多种文体的儿童文学创作，其影响自然也非常深远。1935年，针对当时我国儿童文学读物的出版呈现出的一股"拼命向后转"的复古风，叶圣陶又在两年多的时间里，连续创作了6篇充分体现思想性和艺术性的儿童小说：《半年》《一桶水》《邻居》《儿童节》《一个练习生》《寒假的一天》。

1937年，全面抗战爆发后，叶圣陶举家一直在漂泊中度过。他们历经苏州、绍兴、九江、芜湖、南昌、杭州、上海、武汉、宜昌、重庆等城市，几乎跑遍了小半个中国。抗战胜利后，叶圣陶辗转来到了上海。1946年2月，叶圣陶在上海接替老舍担任了中华全国文艺界协会的总务部主任一职。4月，叶圣陶又发起成立了《中国作家》编辑委员会并于1947年10月1日正式创刊出版。

1949年2月，叶圣陶在中共地下党组织的安排下迈向了解放区的旅程。之后，叶圣陶被上级委任为华北人民政府教育部教科书编审委员会主任。他兴奋不已，和同仁们一起认真投入教科书的编辑、印刷、出版、发行工作中。在他们的努力下，新中国的第一套大、中、小学教科书与新中国同时诞生了，叶圣陶在我国教育和出版史上留下了令人永远难忘的一页。

他为中国儿童文学事业做出的功绩永载文学史册

新中国成立后,叶圣陶被任命为国家出版总署副署长,后来又被任命为编审局局长。1954年,出版总署被撤销后,叶圣陶很快就被调入教育部任副部长,同时兼任人民教育出版社社长和总编辑的职务。在出版总署任职的5年里,叶圣陶始终关心儿童文学的发展。他在1953年9月7日对如何改进我国儿童文学创作提出了5点希望:希望作者经常接触儿童;希望作者经常阅读教育学、生理学和心理学的书;希望作者在语言文字方面多下功夫;请作者多多努力写作,尽快改变我国儿童读物出版的落后状况;鼓励绘画的朋友多为儿童读物作画。

不仅如此,他还身体力行为孩子们写作。特别是调入教育部后,因为经常到中小学调研,叶圣陶接触孩子生活的机会更多了,这段时间,他创作了十多首儿歌和儿童诗。这些作品主要取材于孩子们参与的各种各样的劳动,还有对各种植物、动物的素材和对大自然的观察。其中,被编进教材的《小小的船》更因篇幅短小而富有想象,深受小读者的赞赏。原诗只有4句,孩子们一读马上便可成诵:弯弯的月儿小小的船,小小的船儿两头尖,我在小小的船里坐,只看见闪闪的星星蓝蓝的天。几十年来,这首诗一直被选入小学语文课本,充分说明了它受欢迎的程度。

新中国成立之初,国内还很少有专门为孩子创作的儿童文学作家。针对这样的情况,当时的一些作家建议,大家都动笔为少年儿童创作,即使是成人文学作家,只要每人每年为孩子们创作一至两篇儿童文学，少年儿童缺乏文学读物的问题可能就解决了。面对这种情况，叶圣陶于1958年6月在《延河》杂志上发表了《最适于写儿童文学的人》一文，他在文章中为发展繁荣我国儿童文学提出了建议：把最适于写儿童文学的人——教师，动员起来为孩子们创作。他在文章开头写道：

> 不懂得儿童，怎么能为儿童写东西呢？所谓懂得儿童，不仅是跟儿童有所接触的意思。接触了，而且能了解儿童生活的实际，能跟儿童的心起共鸣，那才是真懂得儿童。做父母的人，有一部分真懂得儿童，此外就未必。教师和辅导员是职务上担负着教育责任的人，当然比较能真懂得儿童，而且人数又那么多。所以我说，他们是一大批最适于写儿童文学的人。

叶圣陶既是教师出身，又是一个儿童文学作家，所以，他明白自己必须承担为孩子创作的责任。于是，他在1955年的《人民文学》杂志11月号上发表了《响应号召》一文，他不仅号召大家拿起笔来为少年儿童写东西，而且还给自己下了任务。他在文中写道："我自己给自己规定，到明年年底止，或是童话，或是小说，或是诗歌，必须写成两篇，能多些更好。成就的高低好坏当然在我的能力，可是我决不肯马虎，用同行的话说，就是尽最大的努力。"1956年至1958年，叶圣陶创作了一组名为《一个少年的笔记》的散文，分别刊发于《中国少年报》《旅行家》《雨花》等报刊，受到少年儿童的欢迎。

为了帮助新中国的小读者"认识一些过去时代的生活"，以"更深切地认识当前的生活",叶圣陶又精选和修改了部分他创作于中华人民共和国成立前的童话作品,于1956年5月由中国少年儿童出版社出版了《叶圣陶童话选》,该书同样深受孩子们的喜爱。

在推动我国儿童文学事业发展的过程中,叶圣陶还很注重扶掖儿童文学界的新秀,为培养一支新的儿童文学创作队伍呕心沥血,铺路搭桥。很多在儿童文学道路上默默跋涉的后来人,都得到了他的支持和关怀,或约作者谈话给予鼓励和帮助,或撰写评论以示赞赏和奖掖。当时的文学新人孙幼军出版了童话《小布头奇遇记》,叶圣陶便发表较长篇幅的评论《谈谈〈小布头奇遇记〉》,对这部童话的思想和艺术特色进行了全面、透彻、精湛的分析,既热情肯定成绩,也中肯地指出不足。叶圣陶对新人新作的评论,常常提出儿童文学创作中带有普遍性的问题和规律,对整个儿童文学的发展都有触发和启迪。

进入新时期,叶圣陶虽已进入暮年,但他依然关心儿童文学事业,为推动儿童文学发展贡献自己的力量。这一时期,我国的儿童文学事业也进入了蓬勃发展的阶段。1988年2月16日,走完94个春秋的叶圣陶逝世。中国人民折损了一位伟大而勤奋的作家,孩子们失去了一位为他们讲述黄土地上故事的老爷爷。他虽然走了,但他为中国儿童文学事业做出的功绩被永远载入中国文学史册。

　　冰心是中国现代儿童文学的奠基人之一,她的文学成就和她所经历的文学道路,在中国乃至世界文坛上构成一种十分美丽又十分独特的文学景象。冰心的代表作《繁星》《春水》和《寄小读者》等儿童文学作品影响了几代中国人。她始终心系儿童,永葆童心为孩子写作,在她所有的儿童文学著作中,无不涌动着一种爱儿童、爱家乡、爱祖国、爱人民的永不衰竭的深情。她的名字,在中国乃至世界文坛上,永远闪耀着光芒。

爱的温润

　　冰心原名谢婉莹,1900年10月5日出生于福州。冰心在她的散文《我的故乡》中说:"假如我的祖父是一棵大树,他的第二代就是树枝,我们就都是枝上的密叶;叶落归根,而我们的根,是深深地扎在福建横岭乡的田地里的。我并不是'乌衣门第'出生,而是一个不识字、受欺凌的农民裁缝的后代。"

因为天灾,冰心的曾祖父逃到福州城里学做裁缝。这年春节,曾祖父到人家家里去要账,因为不认识字,被人家赖了账。他两手空空垂头丧气地回到家里,等米下锅的曾祖母听到这不幸的消息,沉默了一会儿,就含泪走了出去,半天没有进来。曾祖父出去看时,她已在墙角的树上自缢了! 他连忙把她解救下来,两人抱头大哭。

冰心写道:"这一对年轻的农民,在寒风中跪下对天立誓:将来如蒙天赐一个儿子,拼死拼活,也要让他读书识字,好替父亲记账、要账。但是从那以后,我的曾祖母却一连生了4个女儿,第5胎才来了一个男的,还是难产。这个难得出生的男孩,就是我的祖父谢子修先生……"

正是这样,冰心的祖父成了谢家第一个读书识字的人,并且终于成了一个有学问的人。祖父和两位伯父都是教书先生。父亲谢葆璋,则成了清朝政府海军练营长、海军军官学校校长及中华民国海军部军学司司长,母亲是识文断字的贤妻良母。因此,冰心诞生的家庭不仅是一个安详、和睦、三代同堂的大家庭,而且是一个重求学、讲文明的书香门第。

冰心从一出生就是幸福又幸运的。从小,父母就对她特别宠爱。冰心曾追问母亲:"你为什么要这么爱我?"母亲回答说:"不为什么,就是因为你是我女儿。"冰心后来在《寄小读者》中这样写道:"她爱我,不是因为我是'冰心',或是其他人世间的一切虚伪的称呼和名字! 她的爱是不附带任何条件的,惟一的理由,就是我是她的女儿。"

母亲是冰心最初的启蒙老师,很小的时候,母亲就给冰心讲故事,从故事中,冰心认识了许多不认识的人,4岁时,母亲开始教冰心认"字片",她很快就认识了两三百字。冰心6岁时便开始到家塾里附学,舅舅杨子敬选了当时商务印书馆出版的线装《国文教科书》第一册当冰心的启蒙教材。学习期间,杨子敬还给她讲《三国演义》《水浒传》中的故事,冰心特别着迷。

冰心八九岁时,塾师林伯陶先生常因为冰心造句好而在她的本子上批上"赏小洋两角"。她写就把这些赏金一点儿一点儿地攒起来买书。为了多攒钱,她作文比以前努力了。等攒够了一定的钱,她就从商务印书馆《孝女耐儿传》后面的《说部丛书》目录里先挑出价格为一角、两角的书,再请人替她买来,再等攒够了钱,再买。就这样,冰心读完了全部《说部丛书》。

冰心10岁时,表舅王耷逢从南方来到烟台,代替舅舅担任了家塾的教师。在表舅的指导下,冰心开始系统地读书,除《论语》《左传》和唐诗外,还有新旧散文,旧的如班昭《女诫》,新的如《饮冰室自由书》,冰心还第一次接触了《诗经》。

辛亥革命后,冰心随父亲回到福州,1912年,冰心以第一名的成绩考入福州女子师范学校预科。在这里,冰心开始接触各种浅近的科学知识,也使她对于知识有了一种新的感觉。1913年,冰心的父亲到北京担任海军部军学司司长,冰心全家随父亲北上。1914年,冰心到贝满女中读书。贝满女中课程严谨,冰心以前只在家塾里附读,师范学校只念了预科,因此入学后,冰心整天忙于做功课。读诗词、讲故事、写小说,都停了下来,但是,从这时开始,冰心才真正受到系统的各门课程的教育。

冰心学习十分刻苦，1918年夏天，冰心以全班最高分的好成绩从贝满女中毕业。4年的中学生活，让冰心在知识、性格、思想等各方面都打下了一个坚实的基础，也使她对北京有了更多的了解，这些都为冰心后来的成长提供了更广阔的人生舞台。

文学之路

1918年秋后，冰心从贝满女中毕业后即考入华北协和女子大学理预科。那时，冰心希望自己成为一名医生。可是，就在读华北协和女子大学预科一年级时，爆发了震惊中外的五四运动。冰心也和其他同学一样被卷进了这场伟大的运动之中，这场运动成了她们生活、学习的中心。冰心除了亲身参加运动外，还拿起笔来作武器为五四运动呐喊，而且一发不可收拾，兴趣也完全转移到文学创作上。

1920年，冰心改入文科。也就在这一年，冰心所在的协和女子大学与通州协和大学及北京汇文大学3校合并成燕京大学。在此后的大学3年学习中，冰心全身心投入文学创作，并走上了文学的人生之路。

当时，随着五四运动的发展，报纸杂志如雨后春笋般兴起，面对传播现代文明的报纸杂志，大家一时目瞪口呆。冰心的父亲谢葆璋给她订阅了许多杂志。冰心还有一位表哥在当时北京著名的晨报社工作，他每天都给谢葆璋家寄赠《晨报》，鼓励冰心提笔给《晨报》副刊写白话文小说。

冰心跃跃欲试，她根据自己和表哥家的一桩小事，创作了一篇小说《两个家庭》。她在小说的结尾写道：

> 三哥坐了一会儿，便回去了。我送他到门口，自己回
> 来，心中很有感慨。随手拿起一本书来看看，却是上学期
> 的笔记。末页便是李博士的演说，内中的话就是论到家
> 庭的幸福和苦痛，与男子建设事业能力的影响。

3天之后，这篇小说在《晨报》副刊刊载，一夜之间轰动京华。半个月后，冰心以自己在五四运动中的经历为背景，以两个人的文化观念冲突为主要线索的小说《斯人独憔悴》，又在《晨报》副刊上刊载。

谢葆璋仔细阅读了冰心的每一篇文章，他被女儿的文学才华所折服，支持她从事写作。他还对冰心说："白话文最忌的就是空话和套话，你当避免。但是，诗词歌赋是中国流传了几千年的传统文化，你要从中汲取营养，不要轻易抛弃，从中找出一条合适的路来。"

冰心将父亲的话一一记在心里。不久，她又创作了《秋风秋雨愁煞人》在《晨报》上发表。她始终记着父亲的话："诗词歌赋是中国流传了几千年的传统文化，你要从中汲取营养，不要轻易抛弃，从中找出一条合适的路来。"

这条合适的路在哪里？冰心很茫然。那时候在北京，家就在距离父亲供职的海军部一步之遥的地方，冰心上学放学与父亲上班下班同步，她日日进进出出都与父亲同坐一辆黄包车。谢葆璋与女儿无话不谈，谈的最多的还是思想文化。

那时，西方各种文化思潮纷纷涌进中国，大批的文化名人的作品也都涌入中国国门。冰心就这样与印度大诗人泰戈尔"不期而遇"：

> 在去年秋风萧瑟、月明星稀的一个晚上，一本书无意中将你介绍给我。我读完了你的传略和诗文——心中不作别想，只深深地觉得澄澈……凄美。

冰心这篇《遥寄印度哲人泰戈尔》，开启了冰心真正的文学之旅。泰戈尔之于冰心，直接催生了一种全新的诗歌文体，于是，新文化文坛出现了冰心，出现了她创作的、有着里程碑意义的诗歌名篇《繁星》与《春水》。

父亲告诫她不要丢掉中国传统的诗词歌赋，要从中找到一条适合自己的路来。泰戈尔启发了冰心，让她终于找到一条属于自己的文学之路。

情系小读者

1923年夏天，冰心以优异的学习成绩从燕京大学提前毕业，接受燕京女大的姊妹学校——美国威尔斯利女子大学的奖学金，准备赴美留学。

临行之前，弟弟们和他们的小朋友们都为她送行，而且要求她"去美国，看到什么好玩的东西，就告诉我们"，又稚气地叮嘱道："您答应过的，给我们写信，一定要写啊！"冰心对小朋友应允过的一定不会忘记。而当她在飞奔的火车上取出《国语文学史》来看，翻到书页上的空白处时，"别忘了小小"几个稚嫩的大字显现在眼前，就更不忘给弟弟们、小朋友们写信。在离开北京的一个礼拜前，冰心已经在《晨报》副刊发表了《寄小读者》通讯一。从她动身赴美留学到3年后归来，即1923～1926年间，冰心共写29篇通讯，并陆续刊登在《晨报》副刊上，1927年由北新书局以《寄小读者》为书名结集出版。这29篇通讯，有8篇写于国内途中，有21篇是在赴美的轮船中和在美国写的，所以，这其实是冰心向小朋友报道旅美游学时的所见所闻、所感所忆的随笔式的散文集。

冰心曾说："假如文学的创作，是由于不可遏抑的灵感，则我的作品之中，只有这一本是最自由、最不思索的了。"整部作品充满了思念亲人、思念家乡的离愁别绪，冰心向小朋友倾诉着在梦中、在病中想起母亲的挚爱的心情，勾绘着记忆中的、现实里的可爱的儿童的模样，描述着沿途的树木景观和异国的山水风情，表现了冰心对人生美好理想的探究和追求。

从《寄小读者》出版到1941年，这本书发行了36版，影响深远，成为中国儿童文学的奠基之作，是中国儿童文学书籍中最畅销的一本。也因此，冰心享有中国著名儿童文学家的盛誉，在几代人的心中，都铭刻着"冰心"这个名字。

1926年暑假，冰心从美国威尔斯利女子大学获得硕士学位后踏上了回国的旅程。回国后，她应燕京大学校长司徒雷登的聘请，回到母校任教——担任国文系助教。1929年，冰心与吴文藻在燕京大学举行了婚礼。成家后的冰心，仍然创作不辍，小说的代表性作品有《分》《我们太太的客厅》等。1932年，《冰心全集》分3卷本

（小说、散文、诗歌各一卷），由北新书局出版，这是中国现代文学中的第一部作家的全集。

1938年，吴文藻、冰心夫妇携子女于抗战烽火中离开北平，来到云南，1940年移居重庆，出任新生活运动妇女指导委员会文化事业组组长，遴选为国民参政会女参政员，参加中华文艺界抗敌协会，热心从事文化救亡活动。在民族危难、社会黑暗的年代里，冰心关注抗日，关心国事，也更关怀少年儿童的成长。于是，她又重新开始写给小朋友的通讯，从1943年1月1日起，以《再寄小读者》为题，在《大公报》连载。

后来，冰心极生动地概括了她从第一次与小朋友通讯以来的20年：

在这两次通讯中间，我又以活跃的童心，走了一大段充满了色、光、热的生命的旅途……这二十年的生命中虽没有什么巨惊大险，极痛狂欢，而在我小小的心灵里，也有过晓晴般的怡悦，暮烟般的怅惘，中宵梵唱般的感悟，清晨鼓角般的奋兴。

专为儿童写作

抗战胜利后的1946年11月，冰心随丈夫吴文藻赴日本，并曾在日本东方学会和东京大学文学部讲演，后被东京大学聘为第一位外籍女教师，讲授"中国新文学"课程。

1951年，冰心一家回到了新生的祖国，她全身心地投入新的工作和生活中。1953年秋,冰心参加了在北京怀仁堂召开的中国文学艺术工作者第二次代表大会。在这次会上,冰心决心后半生"为创作儿童文学而努力"。从此,冰心又进入了创作的高潮。

冰心郑重地讲道:

> 一个儿童文学工作者,除了和一般文学的作者一样,必须有很高的思想水平、艺术水平之外,他还必须有一颗童心。

她还对"童心"进行了深刻而独到的阐述:所谓"童心",就是儿童的心理特征。"童心"不只是天真活泼而已,这里还包括有:强烈的正义感……深厚的同情心……以及他们对于比自己能力高、年纪大、经验多的人的羡慕与钦佩……他们对于新事物充满着好奇心,勇于尝试,不怕危险……

正是基于这样的儿童文学观,从1958年3月至1960年3月,她开始在《人民日报》副刊发表《再寄小读者》的通讯。在两年时间里,共写了20篇,这些作品都是专门写给儿童的。

这个时期,冰心还特别注重深入到儿童中去,也因此,她的作品融进了儿童的真情,也使她的儿童文学语言更趋于清新质朴、自然流畅。这些儿童文学语言风格的新变化,最明显地体现在冰心为儿童写的小诗中。与此同时,描写自然,赞美童心和爱心的题旨,也在一首首小诗中表现出新的意蕴和意味。如《别踩了这朵花》,开头就是诗人对小朋友的亲切叮咛:"小朋友,你看/你的脚边/一朵小小的黄花/我们大家/绕着它走/别踩了这朵花!"口语式的亲切、晓畅,却是有音韵,有节奏,优美合拍,朗朗上口。

1960年,作家出版社出版了冰心的诗、散文、小说合集《小橘灯》。她在这本集子的"后记"中写道:

> 我是喜爱小孩的,和他们在一起总是感到快乐,尤其是和现代中国儿童在一起,觉得他们个个都有最幸福的未来,最宽阔的施展才能为人民服务的园地……但是我愿意继续努力,来提高我的政治水平和艺术水平,希望在党的儿童文学事业方针指导下,和读者们的帮助下,更多地写些切合于中国儿童需要的东西。

在这前后出版的,还有散文集《归来之后》《我们把春天吵醒了》《樱花赞》《拾穗小札》等。这之后,年过花甲的冰心,依然探究着人生,希望着未来,依然在思想上求进步,在艺术上求进取,促使她永远奋发,永远向前。

"生命从八十岁开始"

晚年,冰心仍然笔耕不辍,她曾言"生命从八十岁开始",她一直不停地写,到她九十大寿时,还专为儿童写小说、散文、诗歌以及专为各种儿童文学书籍写序、写评论。

冰心有一句名言:从事儿童文学创作的人,"必须要有一颗热爱儿童的心,一颗慈母的心"。晚年,冰心和全国各地的很多孩子都成了"知心朋友"。

　　1989年，云南一位9岁的佤族小女孩张可，到北京参加全国少年儿童绘画大赛决赛。她当场画的国画《妈妈快来呀》得到了评委们的一致赞赏，荣获优秀奖。消息传开，文艺界许多前辈都为佤族出了一位这么好的小画家而高兴。老诗人艾青和作家冯牧等会见了小张可。

　　此时，已经90高龄的冰心正在医院休养，她听到消息后，也想看看小张可。医生最终同意了。小张可听说要见到冰心奶奶，高兴极了！那天，当她走进冰心奶奶的书房，觉得好像走进了一个童话世界。冰心微笑着把小张可拉到自己身边，问这问那。冰心告诉小张可，她早年在昆明生活过一段日子，她住的螺峰街与今天张可的家很近。

　　小张可看着冰心奶奶慈祥的面容，听着奶奶的回忆，把小脸凑过去，轻轻地亲了亲奶奶的脸。冰心奶奶高兴地笑着对小张可的爸爸妈妈说："孩子还小，应该让她自由发展，不要过分施加压力，要给她玩耍的时间……"

　　这时，小张可拿出自己画的一幅国画《雏鸡图》送给冰心奶奶。她在画里要表达的心愿是：祝愿奶奶永远像童年的时候一样快乐、不老……

　　冰心奶奶夸奖小张可说："画得真好，真美！"说着便把小张可拉到身边，笑着照了张合影。照完相，冰心奶奶挥笔为小张可写道："张可小朋友，愿你像一朵野花一样，阳光下自由地生长！"

　　除了小张可外，冰心奶奶还有一位亲密的小朋友，那是写过《夏天的素描》等许多小说和诗歌作品的少年作家韩晓征。冰心奶奶曾亲自为她改过作文。晓征在北京二中念书的时候，一到星期天就跑到冰心奶奶家去,告诉她一个个好消息:"奶奶,我又写完了一篇新的小说,我读给您听听……"每当这时候,冰心奶奶总是一边听着晓征的朗读,一边微笑着点着头说:"后生可畏,后生可畏……"

在冰心90岁生日那天,晓征从学校跑来祝寿。她带来一个布制的小礼物:一个身穿红兜兜的小顽童骑在一个硕大的绿冬瓜上。晓征调皮地在一张小卡片上写道:"冰心奶奶,您猜猜,是冬瓜大显得孩子小呢,还是孩子太小显得冬瓜大呢?"冰心看着这件奇特的小礼物,笑得合不拢嘴。

冰心的胸膛中始终跳荡着一颗童心。她不仅在80岁时说:"……八十这两个字,总不能使我相信我竟然已经80岁了!"而且在90岁写《故乡的风采》时,她依然以儿童视角来写故乡巨大油绿的榕树、山上的各种奇石,外婆在端午节送来红肚兜、五色线缠的小粽子、绣花小荷包等等。

晚年的冰心,不仅为儿童写作,也总是把儿童上学的事放在心上。她曾一次又一次地为教育、为"希望工程",捐出她那微薄的、多少年才积攒起来的稿费。从1991年至1994年,她曾3次为家乡——福州市长乐县的教育事业捐款。第3次捐款是专门为了修缮那所偏远而又破损的横岭小学。冰心是如此热爱儿童,她为儿童文学,也为儿童事业,奉献出了她全部的爱。

译林中人　叶君健

提起叶君健，大家就会想到安徒生童话。其中《卖火柴的小女孩》《皇帝的新衣》等故事，20世纪60年代已被选入我们的小学课本。

对《安徒生童话全集》的翻译，是叶君健参加二战期间英国的战时宣传开始的。20世纪50年代初，叶君健已完成16卷本、共168篇的《安徒生童话全集》的翻译工作。该书是从丹麦文直接译为中文，在翻译过程中，叶君健——对照英文和法文译本。在全世界数百种安徒生童话译本中，只有叶君健的译本被丹麦的汉学家誉为是"比安徒生原著更适于今天的阅读和欣赏"的译文。

1988年，丹麦玛格丽特女王二世授予叶君健相当于爵士勋衔的丹麦国旗勋章，感谢他把安徒生介绍给有十多亿人口的中国。100多年前，安徒生也曾被授予同一勋章。

从小立志学好外语

　　叶君健1914年12月出生于湖北省大别山腹地红安县城八里湾镇叶家河村。这是一个地少人多、多丘陵地的农村。因为贫困落后,叶君健的童年一直过得苦难而艰辛,干农活、放牛是他常常要做的事情。

　　叶君健祖上有读书传统,祖父粗通翰墨,重视对子女的教育。父亲自幼学习文化,练得一手好字,十五六岁时,他走出山村当了棉花店学徒,凭借诚实可靠和勤勉努力,终被老板提拔为账房先生。

　　叶君健6岁时便到私塾学习。私塾以背诵古诗文为主,在3年时间里,叶君健背诵了大量的经典诗文。随着年龄增长,背诵的诗文被逐渐消化,成为叶君健深厚国学知识的根基,为他日后的深造打下了扎实基础。

　　叶君健的父亲和二哥常年在外,思想开放,他们主张叶君健到大城市去学习新知识。1929年春天,叶君健被在上海做店员的二哥接到身边,送到位于法租界的青年中学附属小学读书。

　　此时已14岁的叶君健比八九岁的同班同学个子大得多。在城市孩子眼里,叶君健这个乡巴佬除了身体粗壮外,从容貌、打扮到言谈举止,都显得土气。入学3天后,叶君健成了全班同学讪笑嘲弄的对象。有一天,一个同学在他背上贴了一张字条,上面写着两个大写英文字母——"SS"。叶君健一开始并不知道这是什么意思,后来,他才知道SS乃是两个英文单词school servant的首字母,意思是咒他为下贱仆人。

对于同学们的嘲弄,叶君健虽然不十分介意,但也深深受到伤害。他深知,作为一个乡下的贫寒子弟,想要得到同学们的尊重和认可,唯有在学习上超过他们。于是,叶君健"忍辱负重",更加刻苦地学习。

为了牢记英语单词,叶君健天不亮便起床到房外一处林地高声朗读课文。为了多记背单词,他把所有能利用的时间全部利用起来。他还时时注意改进自己的学习方法,注重运用昔日旧知来引发对新知的理解和把握。年轻的英语教师对叶君健也非常关切,帮他进行英语发音的纠偏练习。同时,为了扩大叶君健的词汇量、加深他对英语表现力的理解,英语教师还鼓励叶君健多读英语文学原著,向他推荐了包括《伊索寓言》《天方夜谭》《金河王》《安徒生童话》等英译儿童文学读本。西方儿童文学注重表现轻松活泼和孩提游戏精神的文学理念深深影响了叶君健。

在此期间,叶君健还接触到了世界语。不过,正当叶君健在年轻英语教师的指导下悉心研读英语文学和世界语的时候,家里传来父亲身患急病的消息,叶君健不得不中途辍学回到老家。父亲临终前嘱咐叶君健,希望他今后能当一名教师。叶君健牢记在心,父亲下葬后的第3天,叶君健便匆匆返回了上海。

回到上海,因为学校的功课已落下一大截,而且暑假将至,叶君健来不及也无心参加期末考试,于是,想通过更换学校的方式达到跳级的目的。就这样,他以同等学力资格报考了浦东中学初中三年级,并如愿被录取。1931年春,叶君健又通过考试改读位于上海西郊的惠灵中学。读了短短一学期,叶君健转入上海光华大学附中读高二。

随着九一八事变的爆发,全国各地学校都陆续出现了反帝爱国运动,叶君健所在的光华附中,在成立之初就具有反帝爱国传统,运动自然也开展得轰轰烈烈,大家的办学热情顿减,许多教师离职出走。叶君健也因为经济窘迫不能再读书了。

1932年,读完高二的叶君健以同等学力资格参加教师招聘考试并被录取。不过,正当他沉浸在喜悦中时,教育部门却因为财政危机,削减了原定招收教师的名额,招考单位给包括叶君健在内的部分年轻已招聘人员指了另一条出路:考大学。

在学习世界语的同时开始小说写作

1932年9月,叶君健考入国立武汉大学外文系。武汉大学是当时武汉唯一的国立最高学府,不仅校园美丽,名教授多,而且考试成绩优异者可以免缴学费,伙食费每月只要5元。在那里,他打下了扎实的外国文学研究基础。

当时,武大在陈西滢等著名教授倡导下,办起一个旨在为学生提供练笔机会的刊物——《盘谷》。叶君健借鉴西方人的创作手法,创作并发表了许多精彩的作品。

有一次,他写了一篇类似生活速写的短文,讲一个每天从早到晚在建筑工地上锤石子的工人,挣得的报酬却微乎其微。夏天那烈火般的太阳常常晒得他几乎昏厥,冬天北风呼啸,他却没有一件御寒的棉衣。最后在一个雪夜,主人公终被冻饿而死。不难发现,叶君健借鉴了安徒生《卖火柴的小女孩》的写法,他笔下的建筑工人之死与安徒生笔下卖火柴的小女孩之死,颇有异曲同工之妙。同时,在英国教授朱里安·贝尔的帮助下,他开始向国外报刊投稿。

为了实现用笔为被压迫民众伸张正义的理想,叶君健还如饥似渴地投入世界语的学习。早在高中时,叶君健就开始了对鲁迅翻译的普列汉诺夫《艺术论》的阅读。他慢慢发觉,很多国家和民族的文学,都首先通过世界语作为媒介传播给中国读者。

在悄悄和一些世界语者的接触中,叶君健知道了世界语是波兰眼科医生柴门霍夫1887年在印欧语系的基础上创立的,希望它能成为国际友好交流的公用语,促进人类相互理解和情感交流,最终达到世界大同的目的。因此,世界语一经流行,许多文化人便借此传达被压迫民族的反抗呼声。

叶君健也深受鼓舞,他曾在《在珞珈山上写小说》一文中这样写道:"我在中学时代就学了世界语,一直被这个语言所包含的'世界和平'和'人类理解'的理想所吸引。我想用世界语创作,把我国人民的生活与感情传递到与我们具有共同命运的其他民族中间去。我这样想,也就这样做了。"1933年,叶君健用世界语发表了第一篇短篇小说《岁暮》,这也是第一篇中国人写的世界语原创小说。此后,只要有空余时间,叶君健就不声不响地用世界语写小说。1936年大学毕业时,叶君健已经写了相当数量的作品,他从中挑选了十七八篇,组成一个集子,起名为《被遗忘的人们》。大学毕业的叶君健苦于在国内找不到工作,在朋友的约请下,他去了日本东京一所华人开的学校教英文。凭着大学时代已经熟练掌握的英语,叶君健很快受到了学生们的欢迎。教学之余,叶君健把更多的时间用于逛价格特别便宜的旧书摊。在旧书摊,他不仅找到了许多用世界语出版的好书,而且得以和具有一定财力支撑的民间机构——日本世界语学会建立了直接联系。叶君健频繁参加该学会的各项活动,在学会的帮助下,1937年,叶君健的《被遗忘的人们》顺利出版,这不仅扩大了叶君健在世界语者中的影响,也给予了处于经济困境中的叶君健最切实的支持。

然而,就在叶君健与知名世界语学者建立密切关系的同时,他也遭到了警视厅的盯梢、跟踪,直至被捕。入狱两个多月后,终因缺乏案情证据,叶君健被"限定近日离境",回到他日夜思念的上海。

用英文为抗战宣传服务

1937年8月,叶君健从上海到了武汉,希望在这里找到自己的立足之地。在母校国立武汉大学校长的帮助下,叶君健去了离武汉3小时车程的列山中学执教。此时刚好中华全国文艺界抗敌协会在武汉成立,作为知识青年的叶君健得知消息后,便向学校告假,搭车赴武汉投入新的工作。

到武汉后,叶君健进入了周恩来和郭沫若领导的国民政府军事委员会政治部第三厅做国际宣传工作,用英文为抗战宣传服务。

武汉沦陷后,叶君健去了香港,并落脚在一个由匈牙利人布朗所办的世界语出版社——东方使者。赴港前,叶君健就读过该出版社发行的杂志《东方使者》,并与该出版社有书信往来,当他谈及到香港后希望暂住在出版社时,布朗回函热情欢迎。到香港后,叶君健协助布朗为《东方使者》做些编辑工作。同时,他还利用这段时间,将不少中国作家反映抗战题材的优秀小说,如张天翼的《华威先生》,姚雪垠的《差半车麦秸》,白平阶的《在中缅公路上》等译为世界语,后结集在东方使者出版社出版。

在叶君健看来,当前的中国民众正面临着一个既要赶走日本法西斯强盗,又要努力建设自己美丽家园的双重任务,而这任务是昔日中国人所从未承担过的。为表达自己的这一想法,叶君健庄重地把书定名为《新任务》。令人惊喜的是,书籍发行以后,引起国外广大世界语学者对中国人民抗战的极大同情和声援。虽然此书不属创作而仅只是翻译,但叶君健仍从中感受到了文学像灯火般给夜行者带来光亮的作用。

随着武汉、广州的相继失守,全国更多文化名人以及他们主办的刊物都陆续迁来香港。茅盾主编的《文艺阵地》和戴望舒、萧乾等人分别编辑的《世界知识》《大公报》的文艺副刊在香港出版发行后,不少内地知名作家的抗战文学及其评论冲击了多以茶余酒后谈资作为消闲倾向的香港文学。

香港文学的繁荣,极大鼓动了叶君健的创作热情。为了拓宽自己的笔耕生涯,叶君健感到,不能停滞于仅用世界语写作,于是,他应聘了《世界知识》的编辑工作,同时在《大公报》《星岛日报》等报刊用中文、英文和世界语发表抗战作品。他还创办英文刊物《中国作家》,对外介绍抗战文学。

香港人多,房屋短缺,叶君健租用了一间厕所,坐在马桶盖子上,膝盖上放一块木板进行写作和翻译。别人要进来用厕所,他就不得不停止工作暂时出去。

正是在这样的工作环境下,他翻译了毛泽东的抗日著作《论持久战》。而他对毛泽东著作的翻译远不止于此,中华人民共和国成立后,在外文局工作的叶君健继续参与组织翻译毛泽东诗词的工作,长达19年。他和毛诗英译定稿小组的翻译,获得了广泛认可,成为法、德、日、意、西和世界语等几种译本的蓝本。

香港沦陷后,叶君健辗转越南,最终到达重庆,受聘为复旦大学、中央大学和重庆大学的教授。1942年10月,他在重庆与他执教的复旦大学经济系四年级女生苑茵结婚。

布隆斯伯里学派的一个中国人

教书之余,叶君健利用业余时间,用中外文创作和翻译了包括抗战内容在内的多部文学作品。

与此同时,第二次世界大战的形势,发生了急转直下的变化,英国准备进一步开辟新的反法西斯战场。为了鼓动群众以更大热情投入反法西斯的战斗,英国战时宣传部门准备聘请一位中国人去英国各地向民众和军人进行战时宣传和鼓动。

1943年春,英国文化委员会派遣的牛津大学著名希腊文学教授道滋,利用在重庆中央大学讲学的机会,拜访了他们早已物色好的年轻文学教授叶君健。客人为叶君健的精通多门外语和有翻译作品问世而惊叹。道滋不仅直接向叶君健发出了去英国从事战时宣传的邀请,还鼓励他说,你若能借此机会努力开阔自己的艺术视野,对未来的文学创作与研究,必将大有裨益。不久,道滋准备回国了,他又向叶君健寄出一封亲笔邀请函,重申了热忱欢迎叶君健赴英从事战时宣传的态度。

叶君健高兴不已，他决定接受邀请，在一波三折中，终于在1944年来到英国，从事战时宣传。在英国期间，他先后到各地讲演，介绍中国人民英勇抗日的情况。他夜以继日地做准备，有求必应，使许多英国人和在英国的其他欧洲人十分感动。短短一年时间，他做了600多次演讲。他还在英国向世界各国的主要报刊投稿，如伦敦的《新作品》、纽约的《小说》月刊，还有苏联的刊物《国际文学》，介绍东西方两个反法西斯战场的情况。1948年，叶君健受物理学家居里、画家毕加索和诗人阿拉贡的邀请，到波兰参加由他们发起的"世界知识分子保卫世界和平大会"，是与会者中唯一的东亚地区代表。

第二次世界大战结束后，英国政府授予他英国的永久居留权，并按他的意愿安排他到剑桥大学国王学院研究英国文学。正是在这一段时间，他成为在英国具有知名度的作家。

叶君健没有忘记祖国，为了介绍中国，他用英文写了许多小说和文章，其中最引人注目的是小说《山村》。叶君健描绘了在中国农村所发展起来的革命图景，使读者能从中体会出中国无产阶级革命的特点及意义。他说："我从没有用外文写过这样长的作品。我得把中国的形象，尤其是农民的形象，通过英语这种文字表达出来。"1947年7月，《山村》一经问世就被英国书会选为1947年"最佳作品"，叶君健也因此被称为"英国文学史的一个章节"。

此后，《山村》被翻译成20多种文字，挪威作家协会主席汉斯·海堡将《山村》译成挪威文出版时，在书前序言中写道："读完这部小说后，我似乎第一次真正理解了关于中国人的某些真实和诚挚的东西。我开始更好地懂得了他们的过去和现在,他们所度过的日日夜夜的生活。"

1984年,《山村》被英国世界语诗人威廉·奥尔德翻译成世界语,并被国际世界语协会列入"20世纪东西方系列丛书"。叶君健成为因讴歌中国革命而受到西方推崇的中国作家,西方称他为"中国的高尔基""杰克·伦敦"和"共产主义作家"。

20世纪40年代,叶君健获得了欧洲的充分接纳,是被西方高级知识分子组成的布隆斯伯里学派所接受的唯一中国人。

叶君健是我国比较早有条件问鼎诺贝尔文学奖的作家。他一生创作了1100万字的作品,其中三分之一是用英语等外语写作,大多是写普通人的生活,题材广泛。很多诺贝尔文学奖获得者都写文章介绍他。冰岛著名作家、诺贝尔文学奖获得者霍尔杜尔·拉克斯奈斯,已故挪威作家协会主席、剧作家汉斯·海堡,丹麦著名女作家苔娅·莫尔克等,都致信或亲自为他的书撰写序言。《推销员之死》的作者、美国作家阿瑟·米勒对叶君健的作品更是评价极高。但叶君健并不在意这些。面对当时复杂的国际环境,他选择了以国家利益为重,选择了站在党和国家的角度,去应对国际上对我们国家发出的不同声音,特别是来自"国际作家协会"的声音,包括各种批评指责。

中华人民共和国成立后,叶君健立刻回国。外文局成了他工作时间最长的地方,整整40余年。中国外文局是新中国成立后在毛泽东、周恩来等党和国家领导人关怀下组建的对外出版机构,一直以向世界传播中国为己任。

叶君健主持创办了英、法文版刊物《中国文学》,并担任执行副主编,茅盾任主编。叶君健在这个岗位工作了25年。在英国伦敦大英博物馆对面,有家东方书店,现在的负责人谢马克,曾经是北京大学的外国专家。他的母亲和其他家人,曾经每个星期六都组织伦敦的读者举办《中国文学》杂志的读书会,坚持了20年。他们通过这个杂志了解中国的历史和现状。

在外文局的大厅里曾经悬挂着一张张大幅照片,都是为外文局工作过的代表性人物,叶君健是其中之一。在外文局的局史展里,叶君健从事的文学翻译创作和世界语活动也占据非常重要的地位。他积极参加各种作家会议和国际文学活动,同国外高层文学界进行直接的接触,为促进国际文学对中国作家和文学的理解、交流和接纳,推动中国文学走向世界作出了贡献。

译介《安徒生童话全集》

写完《山村》以后,叶君健就对安徒生的童话产生了特别的兴味,他与安徒生这位不同时代的异国作家有着相同的成长经历,童年都是单调和枯燥的,他对安徒生及其童话产生了一种发自内心的认同感。在研读安徒生早期童话《海的女儿》时,他为作家笔下的女主人公为追求纯真爱情而勇于牺牲的精神所感动,不禁想起自己的中篇《冬天狂想曲》其实与《海的女儿》颇有相通之处。艺术表现的同一性,在叶君健心里激起极大的感情共鸣,促使他握笔用汉语把《海的女儿》做了一次最愉快又最花时间的翻译。

要在译文中准确生动地传达出安徒生极具诗人气质的童话情韵,仅靠英文和法文的对照是远远不够的,叶君健决定学习丹麦语,并争取到安徒生的家乡观察和体验童话诞生的真实环境。

1946年暑假,叶君健动身去了位于丹麦首都哥本哈根的朋友家,并在那里生活了两个月。多年后回忆起那段丹麦生活,他很有感触:"在安徒生的童话语言的感召下,我甚至对整个北欧的文学都感兴趣,后来我又学了瑞典文和挪威文。它们都属于同一个语系,比较容易学。"

假期结束回到英国剑桥后,叶君健不但根据《海的女儿》的丹麦语本对其进行了重译,还立下宏愿:把安徒生童话介绍给中国年少一代。

从1947年秋天起,叶君健每年都利用寒暑假去丹麦两次,住在丹麦朋友的家里,了解他们的生活,感受丹麦人民的思想感情,也吸进丹麦这个北欧小国所特有的童话空气。

他把"将安徒生童话完整地移植到中国"作为自己的追求,希望安徒生童话成为中国儿童文学的借鉴。此后的30多年里,叶君健凭着严肃和认真的态度,一一对照英文和法文译本,完成了《安徒生童话全集》的翻译。1977年12月,叶君健在为《安徒生童话全集》写"译者前言"时,深情回忆起20世纪40年代在丹麦朋友家中过冬时开始翻译安徒生童话带给他的快乐:"北欧在冬天天黑得早,夜里非常静。特别是在圣诞节和新年前后,家家户户窗上都挂着人工制作的星星,在夜色中发出闪亮,普遍呈现出一种童话的气氛。"

叶君健对安徒生童话的译介倾注了很多心血。在"译者前言"中,他引用安徒生给一个朋友的信中的一段话,来说明安徒生童话的艺术特色:"我用我的一切感情和思想来写童话,但是同时我也没有忘记成年人。当我写一个讲给孩子们听的故事的时候,我永远记住他们的父亲和母亲也会在旁边听,因此我也得给他们写一点东西,让他们想想。"

20世纪50年代到90年代,叶君健译介的安徒生童话分别以单行本、精选本、系列或套书形式在我国数十家出版社反复出版,丰富了年少一代乃至全体国人的精神生活,极大地影响了我国当代作家的创作。

1988年,丹麦女王玛格丽特二世授予叶君健"丹麦国旗勋章",以表彰他把北欧小国的世界驰名作家安徒生以及他的作品介绍给了占世界五分之一人口的中国。第二年,叶君健反映中国农民在中国共产党领导下展开武装斗争故事的三部曲《寂静的群山》,由曾经推出过3名诺贝尔文学奖获得者的伦敦最大的出版社费伯出版社出版。而这时的欧洲,再一次掀起"叶君健热"。英国评论家称他为"革命史诗型的小说家"。丹麦一家报刊的主编汉斯在迎接叶君健夫妇到他家中做客时,从书架上拿出他收藏的叶君健的文学作品和报刊对叶君健作品的评论文章,说:"如果你不回国,早就是欧洲的大作家了。"叶君健一边翻看着评论文章,一边笑着说:"那是我的根。"

1999年1月5日,叶君健去世。

中国现代文学馆楼上,以叶君健命名的作家文库里,陈列着他著述和翻译的各种版本的作品,还有他获得的荣誉、勋章、奖状、用过的文房四宝及照片。这个文库见证了他的才能和智慧,也充分显示了他一生丰硕的创作成果和杰出贡献。

人们从不同的角度对叶君健的文学成就进行追忆和评说。对于大众来说,叶君健最令人熟知的是他的168篇安徒生童话译著,这些作品历经时光,至今没有褪色。然而,叶君健一生还有着更多不为人所熟知的贡献。他做过的许多事都是唯一的和独特的。

高士其

一生耕耘为科普

　　高士其是一位伟大的科学传播者,他是中国现代科学普及史上的一个奇迹,也是中国现代儿童文学史上的一个奇迹。半个世纪以来,他在全身瘫痪的情况下,毕生致力于把科学教给人民和教育青少年,他为繁荣我国的科普创作、组建和壮大科普队伍、倡导科普理论研究、建设和发展科普事业献出了毕生心血。他的革命精神和科学精神,更是深深影响和教育了一代又一代人。人们把他比作在眼瞎身瘫以后写作《钢铁是怎样炼成的》的苏联革命作家奥斯特洛夫斯基。

　　1995年,中国科协成立了"中国科学技术发展基金会高士其基金委员会",设立了"高士其科普奖",每年一届,旨在对全国学科学、用科学的优秀青少年进行表彰——这也是对高士其的最好纪念。

立志"科学救国"

高士其原名高仕锓,1905 年 11 月 1 日出生在福建省福州市。高士其的祖父高伯谨(又名高燕),虽然当过江西省安福县的知县,却对做官没有多大兴趣,平素却喜欢读书吟诗。高士其的父亲高赞鼎,是晚清举人,曾经到日本留学学习法律,任过清朝外务部官员。高士其的外祖父何次庭是个秀才,写过很多诗,外祖母和母亲也是诗赋爱好者。

从小,高士其就在这样一个有着深厚诗学修养的文学家庭里成长,他特别喜欢读书和追求新知识。三四岁时,祖父就开始以《千字文》作为识字的启蒙课本,教他识字。之后,又找来唐诗教他背诵。就这样,一年时间,高士其就能够背诵《千字文》《三字经》《幼学须知》,还有不少唐诗。1911 年,6 岁的高士其来到福州北城小学上学,他学习刻苦,成为班上学习成绩特别突出的学生。三年级时,他转到离家较近的明伦小学就读。1918 年,高士其在福州明伦小学毕业后,以第二名的成绩考入清华学校。当时的清华,是一所留美预备学校,接受具有高小毕业文化程度的学生,学制 8 年。学生毕业后保送美国的大学深造。

一开始,高士其对许多课程用英文讲课很不适应。但没过几个月,他就靠着顽强的毅力攻克了英语关,获得了英语优秀奖章。有一年暑假,高士其应邀去山东担任义务翻译,由于发音准确和语言流畅,竟使许多人以为他从小是在国外生活的。高士其还选学了德语和法语,并且很快就能阅读这两种文字书籍。

　　1919年五四运动爆发时,高士其同其他清华学生一道,以高昂的爱国热情投身到这场伟大的爱国学生运动中。5月4日,他与同学们一起从西郊清华园徒步走到市中心的天安门,参加了北京大中学校学生组织的示威游行。几天后,高士其和几个同班同学组织了一个"抵制日货"的小分队,上街进行宣传,并到中山公园摆地摊推销国货。这是他第一次参加群众运动,在斗争中他亲身感受到了人民群众中所蕴藏的巨大力量,认识到宣传和教育广大群众的重要性。

　　1925年,20岁的高士其满怀着"科学救国"的理想,以全优的成绩从清华毕业赴美深造,插班考入美国威斯康星大学化学系三年级,攻读无机化学专业。他认为化学可以为贫困的祖国制造更多的粮食和衣服。然而,正当他准备在化学领域继续攀登时,祖国传来瘟疫蔓延的消息,高士其毅然转学到芝加哥大学化学和细菌学系。1927年大学毕业后,高士其进入芝加哥大学医学研究院,攻读医学博士学位,并抽出一部分时间担任细菌实验室助理。

　　1928年的一天,高士其在实验室里专心做着解剖实验。当解剖一只患有甲型脑炎的豚鼠时,不慎被解剖刀划破了手指。为了不中断工作,他包扎好伤口后又继续埋头进行实验。高士其万万没有想到,这一疏忽会给他带来终生痛苦,影响他一生的道路。几天后,从划破的伤口侵入的脑炎病毒开始发作,病毒破坏了他小脑的中枢运动神经,造成终身无法治愈的残疾。在常人不能忍受的痛苦中,高士其以惊人的毅力读完了医学博士课程。

尝试科普创作

1930年秋,高士其回到了阔别5年的祖国。虽然病痛缠身,但是,高士其将此抛之脑后,很快就应聘到南京中央医院担任检验科主任。在这里工作了不长的时间,他就发现这所医院打的是"救死扶伤"的旗号,实际上却是欺下媚上腐败成风。高士其无法在这种玷污神圣科学和圣洁医学的地方继续工作,为了维护自己的尊严,高士其愤然辞职。

辞职后,高士其失去了经济来源,连自己的栖身之地也没有了。危难之时,高士其得到了好友李公朴的帮助,李公朴当时正在筹备"全球通讯社",邀请高士其协助他做些工作。李公朴还向高士其介绍了许多文化界的朋友,他们给高士其讲鲁迅弃医从文的故事,开导高士其现在国内政治形势复杂,不是搞科学研究的时候,应该拿起笔来宣传革命思想。就这样,高士其开始译些诗文发表。由于文笔流畅,言辞优美,译文很受读者的喜爱。

这个时期,在李公朴的介绍下,高士其还结识了著名教育家陶行知先生。当时,刚从日本回国的陶行知正在提倡"科学大众化运动",他热情地邀请高士其参加"儿童科学丛书"的编写工作。于是,高士其写出了《儿童卫生读本》一书,还为孩子们写了以霍乱、伤寒、痢疾为内容的作品——《三个小水鬼》。从此,高士其与少年儿童结下了"不解之缘"。高士其后来回忆说:

我为孩子们写作,是从1933年开始的,那时候,我住在上海西摩路陶行知先生主办的自然学园里,由陶行知、董纯才、戴伯韬、陶宏、方与岩、丁柱中和我一起,编写儿童科学读物,并在新闸路创办"儿童科学通讯学校"。我为孩子们写的第一篇作品题为《三个小水鬼》,指的是霍乱、伤寒、痢疾三大水疫而言。后接到读者来信,批评我不该用鬼作比喻,因为"鬼"字带有封建迷信色彩。从此,我认真细心地研究和思考为孩子们写作,力求正确完善。我认为:孩子是人类的未来,祖国的希望,要从小培养他们对自然科学的热爱,才能把贫穷落后的旧中国转变为繁荣富强的新中国,才能抵抗列强的侵略和欺辱。我愿意终生致力于儿童科学读物的创作。

1935年,高士其因脑炎后遗症住进了医院,出院后,他就住到了李公朴在上海创办的"读书生活社"。读书生活社出版半月刊《读书生活》,当时,已有相当影响的哲学家艾思奇正好帮助李公朴主编《读书生活》,高士其由此与艾思奇交上了好朋友。从艾思奇那里,高士其读到了鲁迅、陈望道、高尔基等作家的许多作品,他深受启发。一天,高士其从艾思奇送来的许多杂志中,读到了陈望道主编的《太白》杂志,《太白》创刊号有一个新的栏目——"科学小品",让高士其眼睛为之一亮。这本创刊号"科学小品"一栏下,发表了周建人等的4篇科学小品,还有《论科学小品文》一文,这使高士其对科学小品这一新的文学形式有了深刻的了解。《论科学小品文》对科学小品的产生渊源、文体特征、读者对象、题材内容、表现形式、语言特色以及作者队伍等方面,进行了全面的阐述,可以说是一篇"科学小品"的宣言书。高士其反复阅读这篇文章,他又想起了自己此前写的《三个小水鬼》,觉得内容和风格都像是科学小品,这给了他莫大的鼓舞,产生了跃跃欲试的强烈愿望。高士其准备响应文中的号召,拿起笔来创作科学小品。

就在这时,李公朴和艾思奇向高士其约稿,让他给《读书生活》写点东西,高士其欣然答应,3天后,高士其写出了第一篇科学小品《细菌的衣食住行》,发表在《读书生活》杂志第二卷第二期上。文章发表后,受到了广大读者的热诚欢迎。在李公朴、艾思奇的鼓励下,高士其一发而不可收,一鼓作气,从1935年春天到1937年抗日战争全面爆发前夕,在两年多的时间里,发表了100多篇科学小品和科学论文,先后出版了《我们的抗敌英雄》《细菌的大菜馆》《细菌与人》《抗战与防疫》《微生物漫话》《菌儿自传》等6本科学小品集,还翻译出版了《细菌学发展史》等著作,在中国高高地举起了为人民大众普及科学知识的旗帜。这些作品出版后,受到了社会各界的广泛关注,茅盾在《笔谈》半月刊上还就《菌儿自传》撰文介绍,认为其"深入浅出,活泼生动",适合"高小优秀生以及初中一二年级学生"阅读。

用"科学诗"唤醒人民

抗日战争全面爆发后,在中共党组织的帮助下,高士其离开上海,克服重重艰难险阻,于1937年11月25日到达革命圣地延安。毛泽东同志会见他时称赞他是"中国的红色科学家",并从生活、学习和工作等方面给予高士其无微不至的关怀与照顾。当时,高士其被安排在陕北公学担任教员，还经常到自然科学院讲课。在延安期间，高士其学习了马克思主义理论，写了许多热情介绍陕甘宁边区的文章，并于1939年1月加入了中国共产党。

1939年4月，延安方面派人护送高士其经重庆到香港治病。病情稍有好转后，他就拿起笔为当地的杂志撰写宣传自然辩证法方面的文章。1941年太平洋战争爆发后，他离开沦陷后的香港，经过长途跋涉辗转到达广西桂林，在出任桂林科学食品研究所所长和盟军技术处顾问的同时，仍然继续进行科学小品的创作，写下了《显微镜下的敌人》等文章。此后，高士其的病情更趋恶化，说话和行动都十分困难，不能自己持笔写作。在这样的情况下，高士其仍然没有放弃创作，他的作品都是由他口述，再由别人笔录成文的。

解放战争期间，高士其先后在广州、上海、苏州、台湾等地居住和治病。这个时期，他除了写科学小品外，又将科学内容和诗歌形式结合起来，尝试写作"科学诗"。1946年3月，高士其在《写给我的朋友》一诗中，公开表示："我决意从事新诗的写作，我决意写起我的所谓诗。"1946年5月，高士其创作了他的第一首科学长诗《天的进行曲》。所谓科学诗，用高士其的话说："科学中有诗，诗中有科学，科学就是诗，诗就是科学。"

《天的进行曲》取材宏大，高士其以丰富的想象、生动的形象、流畅明快的诗句，描写了天——宇宙、天体、地球的发展和变化以及人类对它的认识过程，唱出天体及生命久远的历史，赞颂它们存在的意义。《天的进行曲》的内容深奥，但语言的表达却是深入浅出、明白易懂，开篇就仿照孩子的口气，从他们理解所知的天的概念说起："天，什么天？/是屋瓦上的天呀！/是山尖上的天呀！/是原野上的天呀! /是海波上的天呀!"

　　写这首诗时,中国正处在战乱的动荡时期,中华民族正处于艰苦的年代。面对国家的危难和人民的痛苦,高士其不顾当时身体已经瘫痪的折磨,深感自己有责任向人民宣传科学,让人们对天有正确的认识,有责任唤醒人们自己决定自己的命运。在这首诗中,高士其运用了辩证唯物主义观点和流畅明快的语句,描写了"天"的发展变化和人类对"天"的认识过程。明确指出:"乌云遮天是暂时的现象,不远的将来将会'变天'。"

　　当时,反动势力十分猖獗,但透过硝烟弥漫的战火,高士其已经看到了解放区那明朗的天,必将充满整个神州的上空,革命的形势势不可挡,人民才是历史的主人,天,也必将属于人民。

为科学文艺默默耕耘

　　1949年5月,高士其经由香港回到北平,从此结束了动荡不定的生活。新中国成立后,高士其担任了国家文化部科学普及局顾问,后又担任了中国科协顾问、中华全国科学普及协会名誉主席、中国微生物学会理事、全国文联理事、中国作家协会理事等职务。他还是第一届至第五届全国人民代表大会的代表和历届全国政协委员。

　　为了加快新中国的建设和提高人民群众的科学文化水平,高士其不顾疾病的折磨,全身心投入科学普及工作。他在不同时期、不同场合指出:"工人必须掌握科学知识,5亿农民要学科学,干部都要学习自然科学知识,尤其是要引导孩子们攀登科学的高峰,让孩子们在科学的阳光照耀下成长"。在呼吁人们"向科学进军"的同时，高士其首先身体力行，从1949年到1966年，高士其创作了大约60多万字的科学小品和科普论文，写下了2000多行科学诗，撰写的科普著作有20多部。1954年，他的科学诗代表作《我们的土壤妈妈》还荣获全国儿童文学一等奖。

高士其关于科学普及思想的一个重要内容，是在重视大众科普的同时，非常重视儿童科学文艺的提倡。他从孩子们的来信中感知孩子们对科学知识的渴望，但当时供给孩子们阅读的科学文艺读物却是非常匮乏。高士其感慨道："在我们国内，儿童文艺读物好的少，不好的多；儿童科学读物，好的更少，不好的也不多。在书店的书籍海洋中，你能找出几本儿童读物呢？"为此，高士其深入调查，并详细分析造成这一现状的主要原因，倡议大家齐心协力，共同为儿童科学读物的繁荣作出贡献。不仅如此，高士其还利用一切可以利用的机会，为儿童科学文艺的创作与发展鼓与呼。1961年，中国科协全国工作会议召开，高士其参加会议并发言，他开宗明义："在这里，我想为青少年说几句话，为孩子们说几句话。"高士其提出了两点希望：一是指出"科协有责任和共青团、教育部门合作，更广泛地、更深入地把青少年科学技术活动开展起来"；二是希望"每一个学会都应该动员起来，各就自己的知识领域之内，编写几本给青少年看的通俗科学读物，不要以为这种工作只是文学家的事，只是出版社编辑们的事，它也是我们科学工作者的事"。

后来，高士其又向中共中央和国务院提出了《科普工作的四点建议》。他认为实现四个现代化必须加强科学普及工作；希望国家重视这个工作；要表彰和奖励一批做出成绩的科普工作者和工农业生产中的技术骨干;恢复和重建一批科普机构,加强科普工作的协调等等。在全国科协召开的一次会议上,他还请人代读了一首《让科学技术为祖国贡献才华》的新诗,诗中热情地讴歌了祖国的现代化建设,鼓励青少年努力攀登科学高峰。

一刻没有停歇

晚年,高士其更是一刻也没有停歇,始终像一只高速运转的陀螺,为了科学文艺的发展,从事着众多的社会活动,参加各种会议,接见各界朋友,接受各种邀请。即便非常忙碌,高士其也要挤出时间,创作了一定数量的科学诗和科学小品,并编选出版了多种作品集,受到了读者的广泛好评。

进入新时期,高士其的科学文艺创作,主要有两大突出特点:一是贴近儿童读者,具有鲜明的儿童文学性质。这一点在高士其为《你们知道我是谁》而写的"代前言"——《给小读者的信》里表现得最清楚。在"代前言"里,高士其首先说明作品集《你们知道我是谁》是应孩子们的要求而专为孩子们编选的,同时表明自己也是将这本书作礼物送给孩子们。其次说明为什么要收入这些作品,同时对部分作品从孩子们的阅读角度进行解读与阅读指导,说明自己为什么要这样写的原因。二是关注大自然与生态环境,具有大自然文学的启蒙意义。如科学诗集《祖国的春天》,不仅是一部专门为少年儿童选编的作品集,而且还是一部精心挑选的以"大自然为题材"而创作的优秀作品选集。

高士其还倡议有更多的作家关注大自然,而对那些有心大自然科普创作的青年作者,高士其更是热心扶植,为他们的新作写序给予鼓励、肯定和推荐。同时,高士其还积极探索科学文艺的创作规律,他从自己的创作体验出发,借鉴苏联科学文艺的成功经验,结合我国的科学文艺实践,对我国的科学文艺理论建设发表了很多独到的见解,奠定了我国科学文艺理论体系的基本构架和核心内容,成为当之无愧的我国科学文艺理论的奠基人和杰出代表。

1988年12月,高士其在北京病逝,人们痛惜"中国科普界的一颗巨星陨落了""一颗科学的星辰,闪烁了半个多世纪特殊光辉的星辰陨落了"! 新华社在播发的报道中给予了高度评价:"高士其一生中的工作量无法用数字统计,他付出的心血也难以用价值来衡量,他是勤劳智慧的中华民族的骄傲,他是属于全社会、全中国人民的科学家、作家和传奇式的残疾人社会活动家。"

陈伯吹

东方安徒生

　　陈伯吹是"中国现代儿童文学的先驱与奠基人",他一生为孩子们创作了大量优秀的儿童文学作品,还为孩子们翻译了许多外国儿童文学经典作品,被誉为"东方安徒生"。

　　新中国成立之初,中国的儿童文学理论一片荒芜,陈伯吹扎根在这片领域默默耕耘,一连出版了4部理论著作,为中国儿童文学理论奠定了基础,成为中国儿童文学理论界公认的"泰斗"。20世纪80年代,在儿童文学普遍不被重视,被视为"小儿科"的情况下,陈伯吹又以实际行动扶植儿童文学这株幼苗,捐款设立"儿童文学园丁奖",用来奖励优秀的新人新作。如今,该奖已发展为"陈伯吹国际儿童文学奖",以表彰世界范围内对儿童文学事业做出卓越成绩的儿童文学创作者、儿童文学工作者和相关人士,成为国际儿童文学界最权威的奖项之一。

　　著名儿童文学家贺宜生前曾对陈伯吹做过一个非常确切的评价:"在我们中国,从古到今,将60年岁月全部贡献给儿童文学事业,陈伯吹称得上是第一人。"

从"小书虫"到"孩子王"

陈伯吹 1906 年出生于江苏省宝山县。陈伯吹的祖父虽是"种桑养蚕"的,但喜爱书画,热爱学习,他中年早逝,家道自此衰落。陈伯吹的父亲陈文乔迫于生计,10 岁就到一家布店当学徒,20 岁时,陈文乔与张秀珍结婚,过着"男商女织"的生活。虽然日子过得艰辛,但是,陈文乔不忘读书传统,一有空就钻进书房,坚持自学,不仅懂些古代诗文,还练得一手好字。陈伯吹出生后,陈文乔向当地私塾秀才请教,给孩子取了学名"陈汝埙",陈伯吹是后来的笔名。

陈伯吹从小就是个"小书虫",读书的岁月里,他幸运地接触到了我国最初形态的"儿童文学"作品《无猫国》和《怪石洞》,在父亲的引导下,陈伯吹的阅读面渐渐扩大,古典小说、科幻小说……在阅读中,陈伯吹忘却了童年的苦难。1919 年夏天,陈伯吹拿到了高小毕业文凭。1919 年秋季,上海中华书局登记招考练习生,陈伯吹顺利通过了考试,但是,因为身材太矮小,最终没有被录取。这年冬天,宝山县新办了一所甲种师范讲习所,招考师范生,学、膳、宿、书费全免,毕业后当小学教师。在近 300 人的考生中,陈伯吹以第 29 名的好成绩被录取。1922 年,年仅 16 岁的陈伯吹带着一身稚气,毕业后分配到了该县一所新建乡立的复式、单级国民学校朱家宅小学担任教员。

在朱家宅小学,陈伯吹大胆实践着自己的"教育梦想",除了给学生开设传统的国语、常识、算术课程外，陈伯吹还为学生们设置了乐歌和体育等课程，并针对不同程度的学生施以不同的教育内容及教育方法。朱家宅小学也因此有声有色地成长起来，博得了学生家长的好评与上级领导的注目。

3年后的一个秋天，宝山县督学王德昌到学校检查。仔细走访和观看后，督学对陈伯吹赞不绝口，并对陈伯吹说："小伙子，干得不错。全县新办的农村小学有四五十所，还没有一所能比得上你办的这所学校。你好好地总结总结，我要向全县推广你的教学经验。"

王督学回到县里，向教育局全面汇报了陈伯吹的办学情况。县教育局通报表扬了陈伯吹的办学情况，号召全县教师向他学习。接着，江苏省教育厅又在全省通报表扬了陈伯吹，这给陈伯吹以巨大的鼓舞。陈伯吹这位少年教师，也有了更加美好的理想，他一边教学，一边学习文艺。当时，陈伯吹最爱看的文艺作品是卢梭的《爱弥儿》和裴斯泰洛齐的《贤伉俪》。受这些优秀作品的启发，他萌生了结合教学实践搞点"教育文艺"的想法。于是，陈伯吹白天给学生们上课，晚上则给学生们讲故事。他把自己看到的故事讲给孩子们听，孩子们非常喜欢他，陈伯吹也因此成了一个十足的"孩子王"。孩子们说："陈先生对我们可好了，从来不呵斥我们，就像自己家的大哥哥一样对待我们……"

第一部儿童小说《学校生活记》

和学生们讲的故事多了，陈伯吹越来越感受到，当时，可供学

生们阅读的书籍实在太少了,可不可以自己动手写一写？陈伯吹
有了跃跃欲试的冲动。从1923年放暑假开始,陈伯吹悄悄着手创
作平生的第一部儿童文学作品。

这是一部中篇儿童小说,他最初起的名字叫《模范同学》,后来
正式出版时,改名为《学校生活记》。作品中,陈伯吹以自己在朱家
宅这所农村小学3个学期的生活为基础,结合实习时的所见所闻,
构想了一座自己理想中的学校蓝图:规模宏大、教学设备属第一
流、管理完善。他将这所理想中的学校取名为冶英小学,作品描写
的就是冶英小学从开学到学年结束的一个年度的教学活动,其中
大部分叙述的是学生们的活动。

《模范同学》写完了,陈伯吹决定先把书稿送给师范讲习所的
管城校长和周望老师。于是,陈伯吹步行40多里,把《模范同学》送
给母校的两位老师指正。两位老师又将书稿推荐给了商务印书馆
编译所。送出了《模范同学》,陈伯吹感到前所未有的轻松,准备在
第3个年头大干一场,将现在的单班复式变成4个年级俱全的初级
小学。

不料,就在这时江浙一带爆发了军阀混战,陈伯吹一家逃难到
了上海,他苦心孤诣经营了3年的朱家宅小学也被战乱糟蹋得不成
样子,以至于复学都有困难。在这种情况下,早就计划培养他的县
教育局决定把他调到宝山县立第一小学去当初级部主任。1925年
春,陈伯吹由农村小学的"少年教师"调到了城里小学当"青年教
师",19岁的他,对未来充满美好憧憬。城里小学的环境,不仅有利
于陈伯吹在教学上的发展,也为他创作上的进步提供了良好条件。
在这里,陈伯吹不仅工作认真负责,成绩斐然,而且与同事们相处

得非常融洽。陈伯吹心里一直惦记着他写的小说,他准备抽个时间去母校向老师请教。没想到,这时,母校的周望老师来看望他了,还递给他一件商务印书馆寄来的邮包,拆开一看,原来是《模范同学》的4卷初稿,还有一封编辑的信,告诉他准备出版,但8万字太长,希望他压缩掉2万字,再考虑另取一个更恰当的书名。这对陈伯吹来说,简直就是喜从天降!他怀着对母校老师的感激,对朱家宅小学那几年教书生活的感激,提笔为这本书添加了一篇散文诗风格的《卷头音》。两年后,他的这本儿童小说处女作在商务印书馆正式出版问世了,按照出版社的意见,他把原先的书名《模范同学》改为《学校生活记》。

让陈伯吹万分意外和备感荣幸的是,打开新书时,他看到书中又新添了一篇《序言》。《序言》的作者竟然是当时大名鼎鼎的教育家、江苏省教育厅厅长吴邦珍(士翘)先生。

陈伯吹后来得知,这是商务印书馆细心的编辑特意邀请吴厅长写的序言。厅长先生在序言里对这篇小说多有鼓励和肯定:

> 陈君伯吹,执教鞭于县立第一小学,近以历年教学所得,著成《学校生活记》一书。……其内容有社会学,有自然学,有园艺学,有艺术学,有音乐、体育诸学,凡新学制上小学校应有之学科,无不具体而微。能使儿童读之,于课本之外,得无数有系统、有兴味之知识,而于不知不觉间,俾其已见已闻者,更复明确其观念。至其语文之明朗流利,使儿童能得到种种练习及模仿之机会,更为此书之余事矣!

捧着自己的第一本新书，读着吴厅长热情的赞语，陈伯吹激动得不知该怎样表达自己此时此刻的心情。他深深地呼吸了一口气，让自己稍微平静了一点，然后取来毛笔，轻轻地蘸染着墨水，在《学校生活记》的扉页上，工工整整地写下了这样几行"伯吹自志"的诗句："在我那一片荒芜的心田：花，既不艳；果，又不甜；这是结成在19岁那年！"

带头"为小孩子写大文学"

自创作《学校生活记》起，陈伯吹就与儿童文学结下了不解之缘。1929年2月，23岁的陈伯吹来到上海，靠写作、投稿换取有限的一点稿费来维持全家的生存。他先是在上海私立幼稚师范学校当了一名地理课教师，后又报名参加了上海大夏大学高等师范专修班的考试，最终被录取。这样，他在上海总算有了一点点立足之地。上午他在幼师学校给学生上课，月薪只有14元；下午就到大夏大学当学生听课。到了晚上，就躲在宿舍里，彻夜笔耕。

为了挣钱养家，一开始时他什么题材都写。一次，他把自己写的小说投给《小说月报》，主编郑振铎劝他扬长避短，专攻儿童文学，那样会更有前途。自此，陈伯吹心无旁骛地把自己的人生追求和全部的命运，与儿童和儿童文学紧紧地联系在一起。

从1929年2月起，他在上海幼稚师范学校担任教师长达10年。1930年，他开始为北新书局主编《小学生》半月刊，同时还编写了《小朋友丛书》等儿童读物。从1934年起，陈伯吹担任儿童书局编辑部主任,主编了《儿童杂志》《儿童常识画报》《小小画报》3种杂志。在忙碌的编辑工作同时,陈伯吹又在1940年至1941年间攻读了大夏大学教育学院的课业,获得了教育学士学位。然而,那是一个灾难的年月,不久,太平洋战争爆发,上海旋即沦陷成了"孤岛"。儿童文学家和编辑出版家们所有美好的计划和梦想,都被战争的炮火给摧毁了。

1942年10月,陈伯吹化装成商人,悄悄离开上海,辗转到达了四川北碚,在那里担任北碚国立编译馆教科书部编审,负责小学国语教科书的编写。当时,中华书局也搬迁在那里。中华书局创办的《小朋友》杂志,从1922年4月6日创刊到1937年"八·一三"事变被迫停刊,每期都发行5万多份,居当时全国刊物之首。不久,陈伯吹受聘筹备《小朋友》杂志的复刊工作。

1945年4月1日,《小朋友》杂志终于再度跟小读者见面。陈伯吹担任了《小朋友》主编,他几乎把全部的精力都投入到了这个刊物的编辑工作中。抗战胜利后,他返回上海,仍然主编《小朋友》杂志。1947年又兼任《大公报》副刊《现代儿童》主编。

新中国成立后,儿童文学迎来了春天。陈伯吹以极大的热情投入到新生的共和国的教育和文学事业中。这时,他仍然担任着中华书局《小朋友》杂志的主编,同时还被大夏大学、圣约翰大学、震旦女子文学院等聘为兼职教授。他在这些大学里开设了"教材教学法""儿童文学"等课程。

1952年12月28日,新中国第一个少年儿童出版社宣告成立,陈伯吹被任命为副社长。《小朋友》杂志并入少年儿童出版社继续出版。1954年10月,陈伯吹调到了北京,担任人民教育出版社编审,兼任北京师范大学教授。1957年5月,他又调到中国作家协会成为一名专业作家。这个时期,陈伯吹为新中国的孩子们写出了许多美丽的童话、诗歌和小说,并提出了"为小孩子写大文学"的呼吁。他以身作则,带头"为小孩子写大文学",10年间,创作、翻译了100多篇(部)作品,特别是代表作《一只想飞的猫》,深受儿童读者喜爱。

保持童心默默耕耘儿童文学理论

在新中国成立的最初10年间,中国的儿童文学理论一片荒芜,除了20世纪三四十年代鲁迅、茅盾从苏联翻译到中国的一点儿童文学作品和儿童文学理论外,国内可供参考和查阅的儿童文学理论资料几乎没有。陈伯吹扎根在这片领域默默耕耘,潜心研究,对苏联社会主义儿童文学理论进行积极介绍,一连出版了4部理论著作,成为我国儿童文学第一个黄金时期贡献最多、影响最大的几位屈指可数的儿童文学作家之一。

以《儿童文学简论》为代表的陈伯吹的儿童文学观,不仅代表了我国儿童文学理论在20世纪50年代所取得的最高成就,而且至今影响深远。当时,《儿童文学简论》虽然只是一个集子,而且还不是一本系统的、比较完整的儿童文学理论书籍,但却全面反映了陈伯吹在那个时期对儿童文学的思考与认识。

陈伯吹从儿童文学的任务、主题、题材、创作方法、体裁、读者年龄特征、思想性与艺术性等多方面,对儿童文学这一特殊的文学品种做了介绍,可以说代表了那个时代国人对儿童文学的认识所能达到的高度,他还专门论述了儿童的特殊性问题。在陈伯吹的论述里,可以看出陈伯吹的儿童文学论主要具有儿童性、教育性、文学性、知识性4个基本特征。

陈伯吹在儿童文学理论研究方面的不懈探索与显著成绩,也奠定了他在儿童文学理论界的"泰斗"位置。此后,虽然因为历史原因,陈伯吹受到了冲击,但他心中仍然惦记着下一代,惦记着儿童文学,在"五七干校"劳动期间,他还悄悄地用"红孩子"的名义写稿投寄给《人民日报》。

陈伯吹的儿子、北京大学原校长陈佳洱曾说:"在父亲心目中,儿童就是天使,他视儿童为自己的生命。"他从来不以名人自居,而总是谦逊地称自己是"中国儿童文学大军中的一个小兵丁"。当年逾古稀的他重新回到儿童文学领域默默耕耘时,他一方面仍继续为孩子们创作新作品,另一方面不断为儿童文学理论建设做新的探索。对人对事,陈伯吹也始终保持着一颗童心。

1984年6月,国家文化部在石家庄市召开全国儿童文学理论工作座谈会,陈伯吹应邀出席会议。会后,主办方招待与会者游览苍岩山名胜风景区。从石家庄到苍岩山下,来回要花七八个小时,因为道路不好,加之天气炎热,出发前大家就劝陈伯吹不要去,陈伯吹没有同意,颠簸了三四个小时来到苍岩山下。这时,大家又劝陈伯吹在山下走走看看风景,不必再去爬一两个小时的山路了,陈伯吹仍不同意,还是随着大家缓步上山,有说有笑,十分开心。到山顶后,有人攀着铁环爬上一个土堡,陈伯吹见状,也很新奇,执意要上去一探究竟。大家都感叹陈伯吹的童心未泯。

正是因为怀着这样一颗童心,陈伯吹致力于儿童文学理论建设一刻也没有停歇。他还呼吁关注幼儿文学发展，并重视、倡导、研究幼儿文学，正是在他的不懈努力和关注下，中国的"幼儿文学"得到了繁荣发展，并走向世界。

毫不吝啬扶持文坛新人

在推动儿童文学理论建设和继续为儿童创作新作品的同时，陈伯吹挤出大量时间和精力用于扶持文坛新人，为他们写下了许多序文。他曾说："对文友们出版作品，嘱写序文，也能有求必应，例如《彩色的星》《孔雀的焰火》《火牛儿打鼓》《勇敢者的道路》等等，直到今天从不停止，已有140多篇序文了。"十多年来，他编集了4本序文集：在广东出版了《他山漫步》，在河南出版了《天涯芳草》，在甘肃出版了《火树银花》，另一册《苍松翠柏》则在河北出版。而这些仅仅是序文的一部分，未收入这4部序文集的序文还有许多。

儿童文学理论家蒋风与陈伯吹交谊深厚。1978年秋，蒋风从全国少年儿童读物出版工作座谈会上带回了编写《儿童文学概论》的任务，除了把他在大学里讲的教材修订成《儿童文学概论》由湖南少儿出版社出版外，又联系发动北京师大、华中师大、河南师大、浙江师院和杭州大学五院校的儿童文学教师集体编写了一本《儿童文学概论》。成稿后，编写组希望由蒋风出面请陈伯吹作序，当时，蒋风担心陈伯吹工作繁忙会婉拒，他只好试探着提出请求，意外的是，陈伯吹满口应允，欣然同意。

在这篇序文中，陈伯吹提到儿童文学在新中国仍是一支幼苗，"唯其幼小，所以希望就正在这一面"，"作为老师、家长、社会人士，都该来关心、爱护,让人类的下一代健康地茁壮成长。祖国的繁荣,民族的昌盛,世界的未来,都在他们身上"。他在序言中说,"……现在这个新本子,是中华人民共和国成立后第一部系统论述儿童文学的专著。它历时两年多之久,集合五所高等院校八位同志之力,衔泥衔草,经之营之,在暖洋洋的春风吹拂下,才出版了比较全面完整的这部《儿童文学概论》。这是一个艰巨的工作,也是一件大喜事。……值得教育界、文艺界庆贺。"

　　一直到晚年,陈伯吹仍然对来求序的文友有求必应,他甚至不顾自己的身体健康。1997年初,他已感身体不适,但仍答应了安徽少年儿童出版社的请求,主编一套以幼儿为读者的"幼儿七彩童话系列"(7册)。当文稿交到出版社时,他已病重住院,而该书序文,则是他在病床上口述,由夫人吴鸿志老人笔录整理。陈伯吹,这位一直默默呵护儿童文学事业的慈祥形象,徐徐耸立在人们眼前。

不遗余力推动儿童文学事业发展

　　陈伯吹一生俭朴,直到古稀之年,有事外出仍常去挤公交车,从不舍得乘出租车。但是,为了繁荣发展儿童文学事业却非常慷慨,他一直以实际行动来扶植儿童文学这株幼苗。1981年,他把自己积攒的5.5万元稿费,全部捐献出来,倡议设立了"儿童文学园丁奖"。陈伯吹曾在《陈伯吹传略》里记录了自己当时的想法:

　　　　鉴于在文坛上,小说、诗歌、散文等作品,被一般读者
　　与作者重视,而儿童文学则未必,因此,想在这方面来个

提倡。早在1980年春,曾经提出过设立"儿童文学奖",还没被大家重视。直到1981年,茅盾去世后,遗嘱设立"文学奖",那是对成人文学的;巴金继而设立"文学馆";这样,我提出的"儿童文学奖"也被重视了,即以平时积攒的稿费五万五千元,捐作儿童文学奖的基金,每年以国家银行的基本利息,作为奖金。从1981年到现在,每年在"儿童节"前后评奖发奖。这事获得文学界与教育界的赞同并扶助,每年评奖后,由少年儿童出版社将获奖作品出版。

陈伯吹所说的"儿童文学奖",即"儿童文学园丁奖"。该奖旨在繁荣儿童文学创作,向广大少年儿童提供更多更好的精神食粮,表彰在儿童文学事业上做出卓越成绩的儿童文学工作者。陈伯吹为该奖项倾注了大量心血,每一届"儿童文学园丁奖"评选后,他都会认真为获奖作品集写一篇序,对评奖的情况进行介绍,对入选的作品作经典性的评价,对今后的儿童文学创作与评奖提出希望。自1981年设立"儿童文学园丁奖"以来,不仅为儿童读者推选了一大批优秀作品,而且为儿童文学事业培养了队伍、输送了人才。

1988年,"儿童文学园丁奖"易名为"陈伯吹儿童文学奖"。在今天看来,5.5万元也许只是个微不足道的数字,但在那稿费每千字不足10元,甚至仅3元5元的年代,要积攒这笔钱,可以说,几乎耗费了陈伯吹一生的心血。

1997年11月6日,一代儿童文学宗师陈伯吹,在上海华东医院仙逝,享年91岁。去世前他竭力完成的最后一件事,是将自己一生积攒的全部藏书捐赠给了浦东新区筹建中的一座儿童图书馆。为了纪念陈伯吹，这座图书馆后来被命名为"陈伯吹儿童图书馆"。

陈伯吹逝世后的2014年，"陈伯吹儿童文学奖"更名为"陈伯吹国际儿童文学奖"，以表彰世界范围内对儿童文学事业做出卓越成绩的儿童文学创作者、儿童文学工作者和相关人士，成为国际儿童文学界最权威的奖项之一。

严文井

「童话巨人」的
追梦人生

严文井是著名儿童文学家。从新中国成立一直到晚年，严文井先后担任了中共中央宣传部文艺处副处长、中国作家协会党组副书记、作协书记处书记、《人民文学》主编、作家出版社和人民文学出版社社长、中国作协儿童文学委员会主任等一系列重要的领导职务。不管在哪个岗位，做何种工作，严文井始终坚持为孩子写作，他的童话引起了国内国际的高度关注，许多作品被翻译成俄、英、捷、日、蒙、朝等多国文字，传布海外，使他成为具有世界影响的中国童话作家，他的作品更是深深影响着一代又一代少年儿童。

从热爱阅读走上写作的道路

严文井原名严文锦，1915年10月出生于湖北武昌的一个小知识分子家庭。父亲严奇安是一名教书匠，因为经常失业，家庭生活过得异常辛。严文井从小性格安静，他的活动天地很小，喜欢跟着母亲。母亲爱学习,在她放绣花丝线的抽屉里有一本《千家诗》,每次做活累了,她就拿起《千家诗》朗读。幼年严文井虽然听不懂母亲在读什么,但那抑扬顿挫的韵律和节奏却非常吸引他。严文井后来在一篇文章中说:"我对文学的爱好大概是从这个时候开始的。"让严文井记忆犹新的还有父亲给他讲的有趣故事。小时候,父亲只要一有空,就会给孩子们讲故事,他有一本《天方夜谭》,厚厚的,每当心情好的时候,他就把孩子们叫到身边然后开讲。严文井最爱听的故事是《辛巴德航海历险记》和《神灯》,有趣的故事深深吸引了严文井。

1922年,严文井到了武昌三一小学上学。他勤奋好学,一天,他从父亲的书堆里翻出一本杂志,是美国科幻作家巴斯勒写的《人猿泰山》,精美的插图吸引了严文井,读完故事后,他更加喜欢这本书了。从此,他特别注意这种杂志,只要父亲一买来,他就立刻阅读。在小学期间,严文井的功课都很出色,尤其喜欢国语和音乐,课余,严文井最大的乐趣就是看书。10岁时,他就一口气读完了《西游记》,接着就是《三国演义》《水浒传》《七侠五义》。由于酷爱幻想性强的小说,他又找来《封神演义》《镜花缘》《聊斋志异》等阅读。在众多的阅读书目中,严文井对《安徒生童话》尤为钟爱,这些精彩的文学作品,给了严文井最初的精神营养。严文井是家中的大儿子,每次放学回到家,做完功课的他要带着弟弟们玩,别家的男孩子也都喜欢朝他家跑,严文井自然就成了孩子王。他们的活动空间虽然不大,但是游戏种类不少,在游戏中,严文井经常给大家讲故事。严文井把自己看过的故事绘声绘色地讲给孩子们听,孩子们个个听得聚精会神,在那帮孩子眼里,严文井肚子里有讲不完的故事。也因此,严文井锻炼了组织能力,同时开始了他的口头创作。

1927年,严文井去了武昌第五小学上学。国语老师不拘一格的教学方式深深影响了他,在国语老师的鼓励和支持下,严文井的写作能力得到了极大的提高。1928年夏天,严文井考入湖北省立第一中学读初中和高中。随着年龄的增长和理解力的增强,他开始大量阅读父亲书架上的各种书,他还省下吃早饭的钱购买自己喜爱的书籍,广泛的阅读更加刺激了严文井的求知欲,在阅读之余,他尝试着向外投稿。高二时,他一时兴起,将一组小散文投给了《武汉日报》的副刊《鹦鹉洲》,还给自己取了个"青蔓"的笔名。没想到,文章竟然发表了,编者们还专门登了一则启事,欢迎这个"青蔓"先生源源不断地赐稿。这给了严文井极大的鼓励,他沉浸在写作的欢快里,竟不顾及其他学业成绩在下降。结果,严文井没有考上大学。

1935年春,不满20岁的严文井独自来到北平谋生,就职于北平图书馆,白天抄写信封,校对稿件,晚上住在单身宿舍里,孤独寂寞时,他就以读书和写作打发时间。他还大胆地把自己的新作寄给了在天津主编《大公报》文艺副刊的沈从文先生,希望得到指教。不久,沈从文给他回了一封短信,批评他写得太多太快,劝导他多动手修改自己的文章,但是一个字也没有提到他那些文章的下落。不过,不久后,这些文章就在萧乾和凌叔华主持的报刊上陆续发表,严文井备受鼓舞,他知道这是沈从文推荐的,他反复咀嚼沈从文回给他的信。从此,写了文章先挑毛病,修改几遍再投稿,成了严文井终生的写作准则。

之后,萧乾又把严文井的文章介绍给章靳以主编的上海《文季月刊》。章靳以慧眼识人,1936年,他计划为上海良友公司主编一套12本的散文丛集,并向年轻的严文井发出邀请。于是,严文井用了一年时间,精心撰写了10篇散文,出了自己的第一本散文集《山寺暮》。从此,严文井走上了写作的道路。

第一本童话《南南和胡子伯伯》

随着抗战的爆发,身在北平的严文井深感中国前途暗淡。为了寻找抗日救国的真理,1938年5月,他离开北平奔赴延安。后来,严文井在回忆自己当时的心情时写道:

> 22岁以前,我是生活在一个小池塘里的一条鱼,或者甚至只是一个小虾。那个时候,乌云已经布满了中国上空,大风暴即将横扫全世界,而我却静静呆在--片死水里,虽然也有些不安,环绕着几株柔弱的水草缓缓游动,欣赏水面的反光和一些模糊的倒影,以虚幻为现实。只是后来那种即将成为异国人奴隶的压力压到我头顶上来的时候,我才被迫做出改变。我跳出了小圈子,去了延安。

到达延安后,严文井随即进入抗日军政大学学习,抗大的生活紧张而艰苦,但是,严文井的精神却空前丰富,他对抗战前途充满信心并加入了中国共产党。正当他盼着毕业,然后上前线去做政治工作,为抗战出一份力时,组织把他调到了陕甘宁边区文化界救亡协会去搞创作。年底,严文井又调到鲁迅艺术学院工作,成了鲁艺文学系的一名教员。在鲁艺,他还认识了何其芳、陈荒煤、沙汀、卞之琳、周立波等一批文艺界人士。严文井十分努力地工作,工作之余,他就搞搞创作。这一年,严文井还和李叔华结了婚,完成了人生大事。

当时,延安自由、宽大、民主、快活的空气大大激发了严文井的创作热情。1940年7月,严文井用了不到一年的时间,写完了一部反映知识分子题材的中篇小说《一个人的烦恼》。不久后,这部作品便得以发表。写完《一个人的烦恼》后,严文井的心境很不错,此时,恰逢他的第一个孩子要诞生,于是,他决定要写一点愉快的东西,他想起了在记忆中变得遥远了的那个美丽的文体——童话。他在《我是怎样开始为孩子们编故事的》一文中写道:

> ……我并不真正懂得中国的革命,然而却朦胧地感觉到中国正在经历着一场巨大的变化,相信将来一切都会变得好起来。什么都可以变,什么都要变,许多想也想不到的奇异事情将要发生。于是我想到了童话,并且用这个形式记下了我的一些朦胧而幼稚的幻想和爱憎。

1941年,严文井的第一个孩子诞生,也许是意识到自己做父亲了,一种本能在推动他,让他给自己的孩子,也给别人的孩子祝福。严文井把自己的希望编织成了一个个故事,想到什么就写什么,就这样,严文井开启了童话创作。他的创作非常顺利,一口气就写了

9篇,虽然此前没有写过童话,但是这9篇童话却写得很好,几乎篇篇可圈可点。不久后,这些童话在延安的刊物上发表。这一年,严文井的第一本童话集由桂林美学出版社出版,并选取了其中一篇童话《南南和胡子伯伯》作为书名。

作品一出版,就受到了少年儿童的喜爱。严文井在作品中通篇体现的就是一个字:玩。他在开篇就再明白不过地点出了:

> 胡子伯伯是一个奇怪的好老人。他很欢喜小孩;遇见过他的小孩都是很幸福的。有一个叫南南的小孩遇见过他一次,不信你问南南是不是这样,他一定要说:"是啊,胡子伯伯好极了,我真喜欢他。"接着他还要说:"我真还想看见他一次。那天晚上我玩儿得太累了,后来,不知怎么我就睡着了。他把我送回到我床上,他就走了。我忘了问他什么时候再来。我真想他再来同我玩儿。跟他一起玩儿,哎,真有意思!"

> 到底怎么样有意思呢?现在让我们来讲讲南南遇见胡子伯伯的那个晚上吧。讲出来以后,大家就都明白跟胡子伯伯在一块玩儿时多么快乐,多么有意思了。

严文井在作品中塑造了一个十分成功的童话形象——胡子伯伯。"这是一个具有超人魔力和快乐童心的形象,在中国童话史上首次出现。"让严文井没想到的是,他的这部童话集会在中国儿童文学史上产生如此大的影响。著名儿童文学理论家蒋风在他主编的《中国当代儿童文学史》一书中对严文井的首本童话集这样评论:

　　在当时以宣传抗日救国为主要内容的文坛上,严文井的童话独辟蹊径,选取了他人涉笔较少的思想品德教育题材,别具一格。这些童话想象优美,充满浓郁的诗情,给当时的儿童文学吹进了一股清新的风。

吴其南在《中国童话史》一书中也对严文井的童话进行了评论:

　　他的童话集《南南和胡子伯伯》收集他在延安解放区创作的一些童话作品,表现解放区儿童的生存状态和思想感情,格调清新而富有诗意,和国统区的童话完全不同。这些作品开启了下一阶段童话的思想内容和表现方式,是新中国童话的前奏。

从此,严文井以一个成熟童话作家的姿态亮相于儿童文学界。

默默耕耘童话创作

1942年5月,严文井参加了延安文艺座谈会,听取了毛泽东做的《在延安文艺座谈会上的讲话》,并自觉以讲话精神指导他的工作与创作。1945年冬,严文井调任《东北日报》副总编兼副刊部主任。在认真工作的同时,严文井心中始终对童话情有独钟。每次疲倦时,严文井就会写起童话。新中国成立后,国家非常重视对少年儿童的教育,号召每位作家都要为儿童写作品。严文井更觉得有一种责任,他希望无论是自己的孩子,还是其他的孩子,都应该坚强、勇敢、热爱劳动,永远蓬勃向上。

严文井的大女儿是个胆小的小姑娘,她特别怕狗,上学时总要有人护送才肯走。这件事引起了严文井的创作欲望。于是,他构思了一个小姑娘的历险故事——《丁丁的一次奇怪旅行》,丁丁为了把胆子变得大一点,和蚂蚁"红眉毛"一起去寻找"什么都能知道"老师,在长长的旅途中,她不知不觉变成了一个勇敢的孩子。严文井写这个童话,目的就是想用这个故事鼓励女儿。写完《丁丁的一次奇怪旅行》后,严文井紧接着写出了《蚯蚓和蜜蜂的故事》和《三只骄傲的小花猫》等幼儿童话名篇。这些作品都赢得了广大读者的好评。从新中国成立开始,严文井的儿童文学创作也进入了繁盛的阶段。

在众多的童话作品中,严文井创作的《小溪流的歌》是大家最熟悉的作品之一,也是最具影响力的作品。创作时,严文井以巨大的热情,诗化的语言,赞美着小溪流的每个成长过程,无数小溪流汇成小河、又汇成大河、大江,最后汇成大海。他们虽然变大了,但都保留了小溪流的本色,活泼愉快,不停地运动,进行着无穷无尽的变化,一会儿也不肯休息。他们都唱着小溪流的歌"前进,永远前进"。1955年,《小溪流的歌》一经发表便好评如潮,有人称赞《小溪流的歌》是"一曲赞美宇宙常动不息的交响乐"。

此后,"小溪流"成为我国童话中少有的具有典型意义的形象,还成为一种精神的象征。提到它,人们就会想起作者本人,还会想起一种时代精神。它的真实意义也早已超出当初作者所表述的意义范畴本身。新时期,湖南省作协想办一种儿童刊物,召集儿童文学组全体成员一起想刊名,结果大家不谋而合,都主张叫《小溪流》。以作家笔下的童话形象命名刊物,这在全国是绝无仅有的。

当时,严文井还担任了多个重要的领导职务,在紧张的工作之余,他始终不放弃创作,创作了一系列脍炙人口的童话作品,有的童话作品还荣获国家大奖。与此同时,他还要花费大量时间、精力去组织、团结作家们多创作,创作好。

新时期的创作高峰

进入新时期,严文井的儿童文学创作也进入了爆发期。1977年5月,严文井在《北京少年》《北京儿童》杂志联合举办的童话座谈会上做了题为《童话漫谈》的发言,为当时尚无人敢问津的童话"正名",号召作家们努力为少年儿童写童话。从此,童话开始复苏,童话创作也进入了恢复时期。

1978年10月,严文井进入新时期后的第一篇童话《南风的话》发表,在此后的两三年里,严文井创作了一批反映新时代风貌的童话和寓言。《南风的话》《歌孩》《浮云》《"歪脑袋"木头桩》等作为这一时期的代表作,为少年儿童贡献了营养丰富的精神食粮。他不但写童话、寓言,更发表了许多有真知灼见的儿童文学理论文章。他在《儿童文学写作浅谈》一文中,着重论述了儿童文学应该"为儿童"和"怎样为"的问题。严文井认为:"儿童文学是一种属于少年儿童,为少年儿童服务的文学。它是专门为孩子们而写作的,着重表现孩子们生活的,但却不是只能以写孩子们为任务的文学。""它必须是孩子们所能接受并能从中得到益处的文学。所以,不论它写的是什么内容,它首先必须是为少年儿童的。为少年儿童,这才是儿童文学最根本的一个特点。"严文井进而强调:"从事儿童文学写作,要从为少年儿童这个为字上多考虑,在这个为字上多下功夫。要为了他们而反复修改,而进行取舍。我们应该为了自己的少年读者,而尽量把文章写得精练一些。"

1982年,《严文井童话寓言集》由人民文学出版社出版,其中不仅收入了他的代表作,也收录了他多年来关于童话寓言创作、儿童文学创作与发展的理论文章。这部合集展示了严文井40多年来在儿童文学方面,特别是童话寓言上的写作成果和心得,是当代中国儿童文学的一个重要收获。不仅如此,严文井创作的童话还引起了国内国际的高度关注,他的许多童话被翻译成俄、英、捷、日、蒙、朝等多国文字,传布海外,使严文井成为具有世界影响的中国童话作家。

新时期以来,严文井频频出席各种有关儿童文学的会议,发表演讲,题词,扶植中青年作家,并主持了中国作协首届全国优秀儿童文学奖评奖。1986年,他71岁的时候,代表中国参加了在日本召开的国际少年儿童图书评议会(IBBY),在会上做了题为《儿童书和我的家族》的发言,他还以自己5岁的外孙萌萌为例讲了一个风趣的小故事。发言结束时,他说:"我们感谢孩子们,由于他们的存在,我们才能懂得自己存在的价值和意义。"现场一片轰动,许多在场的观众听完小故事纷纷要求给萌萌送礼物。1990年,由于对儿童事业的贡献,严文井荣获第五届中国福利会妇幼事业樟树奖。1996年,日本学者横川砂和子出版了研究严文井童话的专著《中国的安徒生——严文井的世界》。

晚年,严文井告别了已取得颇高成就的童话,重新回归散文。严文井惜墨如金,以简驭繁,戒除卖弄,凝练幽默,清新淳朴,含蓄隽永,俊逸飘洒,脱出了青年时个人的小圈子,面向社会和时代,面向世界和历史,题材也更多样化。

2005年7月20日,严文井走完了人生的90个春秋,因病在北京逝世。他虽然走了,但他就像那支小溪流的歌,渐行渐远,这条小溪已流入大河,融入长江,汇入大海,它的旋律永远回荡在众多读者的心中,严文井的作品深深影响着一代又一代少年儿童。

张天翼

为儿童文学推开

一扇窗

张天翼是一位独特而卓越的儿童文学家。在20世纪30年代，他陆续发表了《搬家后》《大林和小林》《秃秃大王》等一大批儿童文学作品。这些作品以不同凡响的崭新面貌出现，为儿童文学注入了新鲜血液，在读者面前打开了一个儿童文学艺术新天地。

新中国成立后，张天翼便以极大的热情投入儿童文学事业。他一直默默为新中国儿童文学奔波、忙碌，为发展和繁荣儿童文学作出了积极贡献，他留下的各类题材的儿童文学作品，更是深深影响了一代又一代读者。

从小说写作转向儿童领域

张天翼1906年9月出生在江苏省南京市的一个书香门第，他的祖籍是湖南湘乡，按照家谱上的排辈，父亲为他取名元定，号一之，字汉弟。张天翼的父母都酷爱文学，因此，张天翼受文学启蒙极早，6岁前即由父亲教读，识字、听故事、读背小文，以及临摹碑帖、练习书法等，母亲和二姐也时常教他，加之家里的藏书特别多，全家人都爱读小说，喜欢讲故事，擅长说笑话，会写文章。所以，张天翼自小就酷爱文学，爱读、爱听，爱写。

1911年，张天翼进入小学读书，没过几个月，因为父亲失业，他就随全家离开南京，辗转于上海等地，后因父亲谋职不成而定居杭州。1913年，张天翼转入浙江杭县县立高等小学校。在县立小学，张天翼对初小的《论语》《孟子》等课程并不感兴趣。于是，无论是上课还是下课，张天翼都只是专心地读自己喜欢的童话集子。短短几年，他就把商务印书馆、中华书局出版的那些中外童话书籍都看完了，他还尝试着开始写作。所以，他没有一样功课是好的。到了高小，因为课程依然和初小差不多，张天翼并无多少兴趣。1920年，张天翼从杭县县立高等小学校毕业，功课一直不好，毕业成绩自然也不好，但是他没在意，仍然不断地读书，不断地"创作"。

1920年秋天，张天翼升入杭州宗文中学，从这时起，他开始大量阅读林琴南翻译的小说以及其他中外文学名著，每看一本，他都手不释卷，如痴如醉。在阅读的同时，张天翼和其他同学一起开始写小说，开始真正意义上的文学创作。1922年，张天翼开始以"张无诤"的笔名往外投稿，不到两年的时间里，先后在鸳鸯蝴蝶派的杂志《礼拜六》《半月》《星期》上发表近20篇作品。张天翼还与文学青年戴朝采（戴望舒）、戴克崇（杜衡）及施蛰存等发起、组织了一个小小的文学社团，取名叫"兰社"，办了一个小型的内部刊物《兰友》。他一面办刊物，一面写小说，一面还写文章发表对小说创作的见解，在当时的文坛崭露头角。

　　1924年秋,张天翼从杭州宗文中学毕业,考入上海美术专科学校。一年后,他就辍学了,虽然在上海美术专科学校没学到什么,但是,这一段生活却为张天翼提供了创作素材,他写出了一篇1万多字的讽刺小说。1925年秋天,张天翼从上海来到北京,住在一向关心、引导他的二姐家里,为投考北京大学文学院准备功课。1926年夏天,张天翼考入北京大学预科。入北大后,张天翼住在学校附近的一个公寓里,除听课外,他把大部分时间都花在专注地阅读新出版的各种中外文艺书籍及报刊上。不仅如此,张天翼还在图书馆读了许多英文版的外国文学名著,并由此读到一些进步的社会科学的书籍。1927年初,张天翼在北京大学参加了中共地下组织,这使他有了更远大的志向和抱负。

　　1927年夏,因为对当时学校所学课程很失望,张天翼认为学不到自己想学的东西,于是就又辍学了,他随即到南京一家报馆里工作。从1928年初起,张天翼不断来往于上海、南京一带,先后当过家庭教师,替人抄写过账簿,做过新闻记者,编过一家报纸的副刊,在一些机关里任办事员、文书、录事等。这样的生活让张天翼广泛接触了中流社会和底层社会的各种人物,也为他的现实主义文学创作积累了素材。

　　幸运的是,张天翼还得到了鲁迅先生的热心扶持和帮助。1928年11月,张天翼写出《三天半的梦》,但文章投稿却处处碰壁,他索性将这篇文章寄给鲁迅碰碰运气。谁知鲁迅读完后立马给他回信,表示文章可发,且鼓励他多写作。1929年4月,《三天半的梦》发表在鲁迅、郁达夫主编的《奔流》月刊第1卷第10号。文章发表后,引起了较大的社会反响,这篇作品也给当时的中国文坛带来了新的气息、新的风尚。之后,鲁迅又在他主编的《萌芽》上,发表了张天翼的《从空虚到充实》《搬家后》等小说。不仅如此,鲁迅还向日本、美国等友人推荐了张天翼的小说。他曾在推荐《小彼得》时指出张天翼创作的缺点,说"张天翼的小说过于诙谐,恐会引起读者的反感。"当张天翼的《仇恨》发表时,鲁迅又指出,"将无之亦毫无损害于全局的节、句、字删去一些,一定可以更有精彩。"

张天翼在《自叙小传》中说,在中国作家中,对他影响最大的是鲁迅。张天翼通过鲁迅的指点和自己的模仿,文字更加老练成熟。就在他参加中国左翼作家联盟,以一发不可收之势头发表作品时,上海的白色恐怖来临,左联很多作者被迫害,作品动辄被查禁。正是热血青年的张天翼于是换了种方式,从成人世界跳出,将重心放到儿童领域。

突破传统童话格式,开辟一个崭新的童话天地

就在张天翼被誉为文坛"新人",并以崭新的创作姿态引人注目时,他又把敢于突破旧的传统、旧的模式的创新意识、革新精神带到儿童文学领域。在20世纪30年代阶级矛盾、民族矛盾都异常尖锐、斗争极其激烈的时期,张天翼继续着叶圣陶、冰心对儿童文学园地的开拓和耕耘,以多样的内容、多种的形式,为少年儿童提供主题富有革命批判性,题材富有现实性,而且极富于幽默和讽刺的、生动活泼的各式作品,从而把中国现代儿童文学创作提高到一个新的水平。在儿童文学中渗进新的政治潮流,注入新的思想汁液,在当时是一个创举。他给新的儿童文学开辟了道路,这是重大

的、卓越的贡献。

因此,张天翼的儿童文学作品一经发表,就受到了广泛关注,认为"他在儿童文学里面注入了一脉新流","富有那种使儿童容易感受的力量"。后来的研究者也肯定地指出:"由叶圣陶开创的中国现实主义新童话,是张天翼基本上奠定基础的。"在整个20世纪30年代,张天翼几乎年年都有儿童文学新作发表或出版。《大林和小林》是张天翼发表的第一部长篇童话,这部童话在当时的"左联"机关刊物《北斗》第2卷第1期连载。这部作品不是当时流行的那种"王子""公主"之类童话的翻版,也不仅仅讲述身边的一两件琐事,这部童话通过一对孪生兄弟富有幻想色彩的奇特经历,展现了光怪陆离的生活画面:哥哥大林偶然被人当作升官发财的进见礼送给大富翁做养子,住进糖果制造的房屋,使唤200个听差,在国王、公主、资本家、法官、警察等的遵奉保护下享尽荣华富贵,连亲兄弟也认不出了。在去海滨举行婚礼时,火车掉进海里,大林虽然侥幸漂到富翁岛上,却因离开了劳动者而饿死在金元宝堆中。弟弟小林被人当作商品卖给资本家做童工,在把人变成鸡蛋的怪物的皮鞭下,为资本家制造金刚钻。后来小林和童工们一道,打死了怪物,逃出去开始了新生活。

张天翼把以往童话中的人物从现实生活的旁观者位置上摆到了现实生活的中心,大林和小林既是完全虚构的人物,又有深刻的现实基础,既是天真单纯的儿童,又包含了丰富的社会内容。张天翼通过《大林和小林》展示给读者的是一个完整的有机的童话化了的现实世界。《大林和小林》突破了传统的童话格式,开辟了一个完全崭新的童话天地,这部童话也奠定了张天翼在中国现代儿童文坛上的卓越地位。

此后，张天翼又发表了《秃秃大王》《金鸭帝国》等一系列儿童文学作品。1933年10月，张天翼的《大林和小林》由上海现代书局出版单行本。1936年9月，上海多样社出版部出版《秃秃大王及好兄弟》，将两部童话收于一书。新中国成立后，1956年11月，中国少年儿童出版社出版《大林和小林》修订本。1980年5月、12月，新蕾出版社《童话》丛刊创刊号、第2辑连载了修订后的《秃秃大王》。

张天翼不仅突破了童话创作中的篇幅局限，更以独特的童话幻想，奇妙而稚拙地反映出社会生活中的阶级压迫、阶级对立，奇谲而天真地映照出现实世界中劳苦大众的抗争与最后的胜利。对生活本质的奇妙揭示与对社会趋势的奇谲展现，把中国的现实主义童话推向一个新的高度。这些童话作品也标志着中国现代儿童文学在思想上、艺术上的进一步成熟，在整个20世纪三四十年代儿童文学的发展中产生了巨大的影响，也标明了中国现代儿童文学的成熟和突跃性的发展。

保持童心热情投身儿童文学事业

新中国成立后，张天翼以极大的热情投入儿童文学事业。1950年夏天，团中央少年部所办的《中国儿童》杂志向他约稿，希望他多创作反映新中国少年儿童生活的作品，张天翼非常高兴。之后，在团中央少年部的介绍下，张天翼与北京鲍家街小学建立了联系，并经常参加少先队员的队日活动，有时候，张天翼还邀请他们来自己家做客，跟他们交朋友。这也极大地激发了他从年轻时就热爱孩子、喜欢和孩子们在一起的那份很深的感情。鲍家街小学自然成了张天翼在新中国成立以后从事儿童文学创作的最早的生活基地。

他曾写下当时的生活和心情：

> ……五十年代初期……我认识了一些上初中和高小的孩子们……我把他们当作自己的孩子一样，看到他们打心眼里高兴，一想起他们心里就热呼呼（现用热乎乎）的。他们知道我的一些老朋友管我叫"老天"，他们就都喊我"老天叔叔"，动不动就和我"咬耳朵"，谈这谈那，有些不肯和自己爸爸、妈妈谈的心里话，也和我"老天叔叔"谈。就这样，我观察、了解他们的思想、感情、心理活动、生活趣味，习惯爱好，以及语言动作等等——那些充分显示了儿童本色的东西。

1951年1月，张天翼任中央文学研究所副主任，11月又任中国人民保卫儿童全国委员会委员。一方面，张天翼继续到学校深入少年儿童的实际生活，致力于儿童文学创作和推进儿童文学的工作；另一方面，他努力担当起培养青年文艺工作者的重任，并发表了不少关于文学创作的实践、发展、研究的文章。这年7月，北京开明书店将他在1949年前创作的10个优秀短篇小说结集出版，书名为《张天翼选集》。他在"自序"中说明，编这样的选本，可以"看看这号文艺工作者在怎样的客观和主观条件限制之下，反映了一些怎样的现实，并怎样处理的！"足见他始终把文艺的现实性、政治性看得最重要的。这也是他一贯遵循的创作思想。

1952 年 10 月,北师大女附中初二班文学小组的少先队员们写信给张天翼,希望能得到他的辅导,张天翼欣然答应,此后长期联系。少先队员们把这位大家都乐意称之为"老天叔叔"的大作家当作自己的家长。学校开家长会时,"老天叔叔"也必应邀出席,"老天叔叔"写出的儿童文学作品也首先念给他们听,听取他们的意见,这里也成了张天翼文学创作的又一生活基地。

1953 年 5 月,张天翼任中华人民共和国成立后第一次全国少年儿童文艺创作评奖委员会副主任,之后,他又担任了《人民文学》和中国作协的领导岗位。虽然工作异常忙碌,但他童心不泯,从1951 至 1956 年间,张天翼创作了儿童短篇小说《去看电影》《罗文应的故事》《他们和我们》《不动脑筋的故事》,儿童剧《蓉生在家里》《大灰狼》和长篇童话《宝葫芦的秘密》。这些作品几乎都出了单行本或合集。1959 年,人民文学出版社以《给孩子们》为书名,将张天翼的这 7 篇作品结集出版,受到了孩子们的热捧。张天翼也以自己的作品走进了新中国儿童的心灵。

从此,张天翼在全国文学界的工作重心确定在了儿童文学方面。他在各种会议、各种场合谈及儿童文学状况时,都会作出切实的分析,提出中肯的意见,为推进儿童文学的每一项工作尽心尽力。1963 年,张天翼担任了中国少年儿童出版社出版的《儿童文学》杂志编委,这使他与当代儿童文学作家和青少年作者以及儿童文学的编辑出版部门都有了更直接、更密切的联系。

他一直默默为新中国儿童文学奔波、忙碌着。他一边搞文学创作,一边写文艺论著,以便及时发表他对创作中一些问题的看法和意见,积极参与文艺思想的论争,热情地与文艺界同行探讨问题、沟通思想、交流经验;也常常解答青年作者、青年读者提出的关于文学方面的种种问题,为儿童文学发展默默贡献。

"全心全意执着于孩子们的世界"

进入新时期,张天翼虽然病魔缠身,但是,他依然执着地在儿童文学领域默默奉献,在坚持锻炼的同时,坚持阅读、写字、改稿,并参与儿童文学方面的重要活动。

1977年,张天翼亲自修订《给孩子们》中的7篇作品,并重新写了《给小读者的信》。这年12月,《给孩子们》由人民出版社再版。1978年"六一"儿童节前夕,人民文学出版社召开儿童文学创作会议,张天翼做了题为《再为孩子们讲一句话》的发言,在随后召开的中国文联三届全国委员会第三次扩大会议上,他又做了题为《责任与希望》的书面发言,表达了他对新时期文艺工作的意见。接着,张天翼又在《少年文艺》上发表了《把孩子们从"饥荒"中救出来》的短评。这年8月,经过他修订的长篇童话《宝葫芦的秘密》由中国少年儿童出版社再版。为了让新一代少年儿童更好地理解和领会作品的蕴涵,他又写了《为〈宝葫芦的秘密〉再版给小读者的信》,附在书的正文之前。

10月17日,全国少年儿童读物出版工作座谈会在江西庐山召开,张天翼做了《不能辜负孩子们的期望》的书面发言。他说:"我从心里为孩子们高兴,我的心好像飞上了庐山。"他引用一位江西少年的来信,表达了他们渴求"儿童读物的迫切心情,以及他们对广大儿童读物工作者的由衷感激和热烈期望"。他说："他们期望我们能够满足他们如饥似渴的求知愿望，期望我们把他们从文盲状态中拯救出来。……我们绝不能辜负孩子们的期望，我们没有任何理由不为孩子们拿起笔来！"后来，这篇文章发表在《文艺报》1978年第6期。

1979年初，张天翼再次担任《人民文学》编委，并担任1978年全国优秀短篇小说评奖委员会委员，之后又担任第二次全国少年儿童文艺创作委员会委员。张天翼以此作为自己应负的社会责任，积极发现和培养文学新人，为发展和繁荣儿童文学做力所能及的事情。这期间，他见到了来北京参加"儿童文学创作学会"的几十位青年儿童文学创作者，他把自己的写作体会告诉青年作者，并鼓励他们，希望他们"全心全意投身到孩子们的世界中去"。1979年6月，收入张天翼1949年前写的12篇作品的《张天翼小说选集》由人民文学出版社出版，受到了青年读者的热捧。

1980年1月，张天翼又担任1979年全国优秀短篇小说评奖委员会委员，继续做筛选小说精品和发现文学人才的工作。半年后，文艺出版社出版了《张天翼短篇小说选集》，收入张天翼从1929年到1938年间发表的40篇短篇小说，比较全面而又十分生动地展示了张天翼短篇小说独特的幽默情调和讽刺风格。不仅如此，1980年，张天翼继续修订长篇童话《秃秃大王》，并在天津《童话》丛刊创刊号及第二辑发表，后来由天津新蕾出版社出版单行本。1980年6月，收入张天翼40多年来创作的大部分儿童文学作品的《张天翼作品选》由中国少年儿童出版社出版。值得一提的是，这年六一儿童节，张天翼的儿童文学作品集《给孩子们》获第二次全国少年儿童文艺创作荣誉奖。1980年秋,张天翼被增补为中国人民政治协商会议第五届全国委员会委员。这时,他又应人民文学出版社、文化艺术出版社、湖南人民出版社、江西人民出版社等约请,陆续编辑小说、童话、寓言、文学评论等选集。

晚年,张天翼虽然因为身体原因,不能亲自参加各种会议和活动,但他始终心系儿童。他说:"目前因为生病,不能到孩子们中去,不能创作,但只要一息尚存,一定努力锻炼,争取将来继续为孩子们——为那些我在病榻上难以忘怀的、我亲爱的孩子们,创作、创作、再创作。"说这话时,张天翼虽早已年逾古稀,但他始终怀着一颗纯真的童心。1985年4月28日,张天翼突发脑卒中逝世。然而,他留下的各类儿童文学作品,他精心描绘、塑造的众多儿童人物、童话形象的典型,深深影响了一代又一代读者。

金近 站好最后一班岗

金近是中国儿童文学的奠基人之一,一生创作了童话、诗歌、散文等大量作品。这些作品大都生动有趣,想象丰富,文字朴素简练,寓意深刻,他把现实生活里人们的各种思想表现写进童话世界,成功塑造出不少典型人物。

他一生为孩子写作,真诚坦荡的品格蕴藏着严肃的历史使命和责任感,他把一生献给儿童文学,从他淳朴优美的文字中,我们看到了他对祖国和对下一代的挚爱。

从渴望读书到发表第一篇作品

金近,原名金知温,1915年出生于浙江绍兴市上虞四埠乡前庄村。这是一个偏僻的小乡村,交通闭塞,因为傍海,所以成了半农半渔的村庄。金近的父亲金文高和母亲王爱真都是农民,因为祖上是做酒生意的,境况比一般贫苦农民好一些。因此,金文高少年时也读过几年书,算是村里的文化人。

虽然日子过得贫苦,但是,金近7岁时,父母决定送他去村里的私塾学校读书。3年私塾,金近并没有学到太多的知识。在私塾学校,金近对墙上的图画,门、窗、檐下的雕刻非常感兴趣,他不明白这些图画和雕刻是什么意思,他想知道它们背后的故事。后来,在村里举行的做戏和庙会活动中,金近终于明白了这些图画和雕刻的意思,也因此,3年私塾生活让金近最初接触了民间艺术,增长了不少历史知识和文化知识。同时,金近对村里流行的儿歌也特别喜爱,一首首朴素、平凡的儿歌给童年金近留下了深刻的印象。

金近12岁时,生活重担迫使他父母不得不让金近辍学,他只能像村里其他孩子一样,到上海谋生路。在1927年秋至1929年冬的两年多时间里,金近当了4次学徒。苦难的学徒生活,使他承受着巨大的劳动负担和心理负担,不过,学徒生活所受到的轻视、欺凌、嘲笑、侮辱,也让他原本善良、淳朴的心灵增添了勤劳、刻苦、同情弱小、刚强不屈的品格。

金近学徒生涯结束后,他和在上海谋生的二姐住在一起。二姐靠白天给人家缝衣服,早晚在门口马路边摆香烟摊维持生计。二姐看到金近渴望读书,于是想方设法给他找一所学费便宜的学校,在好心人的帮助下,金近去了学费可以减免的"华童公学"学习。这是一所英国人办的学校,目的是要培养一批中国孩子将来为教会及外国公司服务,所以学校除了国文课外,其他各门功课都用英语教学。

金近特别珍惜这难得的学习机会。每天夜晚,金近跟着二姐去路边摆摊,借着路灯的光亮默念英语单词,每夜四五个小时,直到二姐收摊回家。刻苦的学习让金近的英语成绩从班里的最差变成了第一名,老师夸赞他是《龟兔赛跑》中那只坚持不懈的"乌龟",希望同学们都要学习金近的"乌龟精神"。从此,"乌龟精神"也深深烙在金近的记忆里。

在这所学校里,金近遇到了他的文学启蒙老师——教国文的方成章先生。金近最喜欢的就是方成章的作文课。每次讲评时,方老师都会评得恰到好处,金近的作文也被方老师评点过好多次,每次被评点,金近都会特别幸福。在完成老师作业的同时,金近就偷偷写散文和小故事。方老师知道后,不仅表示肯定,而且鼓励他要坚持写作,并教他把写得好的文章大胆寄到报社。

金近备受鼓励,在方老师的教导和鼓励下,金近不仅学会了写作,还培养了广泛的兴趣爱好,懂得了做人的道理。可惜,因为经济困难,金近学习了两个学期后又辍学了。

1933年,金近找到了一个临时性的抄写员工作。工作的同时,金近不忘读书的习惯,他在《申报》馆的图书馆办理了一张借书证,每个夜晚,金近借着微弱的灯光,像一个"饿汉",读了一本又一本书,书越读越多,知识越来越丰富。此后,尽管工作换了很多,但金近再忙也没有放弃阅读书籍。

1935年,二姐家的一位邻居黄一德和朋友何公超创办了一份《儿童日报》,他们看到金近老实可靠,就介绍他到《儿童日报》做杂务。在《儿童日报》社工作,金近非常高兴,对写作的兴趣也比以前更浓了,在何公超的指点下,金近的写作有了较大进步。一次,他创作的讽刺笑话《中国人没屁股》发表在《新闻报》副刊"快活林"上,这是金近第一次发表作品,他非常激动,他把发表在报纸上的文章读了一遍又一遍。从此,金近对写作表现出了浓厚的兴趣。

坚定儿童文学写作

1937年年初,在经历一场大病后,金近想继续回《儿童日报》社工作,但是,他生病后报馆已经另找新人做杂务,他只能盘算着该去哪里再找工作。金近很眷恋在《儿童日报》社的一段时光,何公超扶持他的那份真情让他心存感激。

正在他苦于找工作时,何公超寄给金近一封信,邀请他去继续上班,更让金近出乎意外的是,何公超聘请他去当助理编辑,编辑报纸的时事新闻。金近激动不已,认真地做着这份工作,小心翼翼地编辑着每一篇稿子,改编新闻多了,金近也渐渐适应了编辑工作。每天,他都会空闲出一些时间用来读书、写作。报馆征订的《小朋友》《儿童世界》杂志,他每期都会认真阅读。

有一次,何公超看到他在读《儿童世界》,高兴地对他说:"你的童年生活很丰富,也可以写成故事去投稿,有些短小的可以给自己报馆。"何公超的鼓励和信任,让金近非常激动,他觉得自己可以向儿童文学方面发展。

金近对童年的生活记忆犹新。捡海螺、捡螃蟹、放纸鹞……这些童年的趣事带给他乐趣……特别是放纸鹞,伙伴们经常比谁的纸鹞飞得更高,每次放纸鹞,金近都会有一种幻想,要是自己也能像纸鹞那样飞到天上,而且越飞越高,那有多开心。他突然产生一种灵感:自己这些年来不正在做一只纸鹞吗?离开家乡近10年,从受人歧视的学徒到学校学生,从小职员到今日的助理编辑,从另一个角度说,从没有多少文化到能阅读各种书籍并学会了英语,到今天还能发表稿件及编写新闻稿件,不是正像一只风筝凭借风力逐渐上升吗?天空这么宽广,自己这只纸鹞还刚刚起飞,在这蓝天白云下,朝什么方向飞呢……这样想着,金近非常感慨,他忍不住提起笔根据自己的经历创作了第一篇童话作品《老鹰鹞的升沉》,并认真做了修改。于是,一只老鹰鹞的故事就出来了——

　　一只精巧美丽的老鹰鹞,被挂在一家玩具店的墙上,望着远处半空中飘荡的别的纸鹞,羡慕极了,它也想上天。

　　后来,它被两个孩子买走了,他们来到一片荒野的草地上,趁着刮大风,把它放到了高高的天空。纸鹞好高兴啊! 朝下一望,河流变成了一条带子,人小得像蚂蚁……平时它看到过的大东西,现在都比自己小得多了。

　　远处飞来了一只老鹰,张开翅膀在天上盘旋,那模样长得和它差不多。它想和老鹰做伴;老鹰本来以为它是自己的同类,飞近一看,才知道原来是只纸鹞,就失望地飞开了。纸鹞想留住它,赶紧说:"我也可以和你做伴的啊! 你就在这里玩玩吧!"

　　……

　　"我原来是乘着风的势力,才能上升的;不能自立而想越高山渡大海,不过是做梦罢了!"

这个童话,可以说是金近在弱冠之年立下的一个誓言:他要摆脱现有的这些"成功",要像一只真正的老鹰那样翱翔于天空,畅游五湖四海,遍历崇山峻岭,开阔眼界,搏击长空。

1937年7月,因为战争,金近刚做助理编辑的《儿童日报》也被迫停刊,他又失业了。8月末,金近回到家乡,在前庄村的一个小学里,帮助老师做一些抗日宣传工作,3个月后,上海沦陷,离金近家不远的杭州也失守,金近又回到上海租界,住在他二姐家,写一些反对日本帝国主义和汉奸的短文,发表在外商主办的中文杂志上。

国难当头,没有工作的他再次得到了何公超的帮助。苦闷中的金近接到何公超从武汉寄来的信后,便带了简单的行李去武汉,协助何公超一起编辑抗战儿童丛书。战火烧到武汉后,金近又不得已和何公超死里逃生辗转去了重庆。在此期间,金近一波三折,先是通过何公超的关系去了重庆流浪儿童教养院做杂务,之后去了《成都快报》当记者,但是,金近的进步思想很快引起了特务的关注,金近只能选择离开。

1942年4月,金近偶然中看到重庆的《时事新报》在招聘报纸编辑,为了吃饭,为了养家,金近当即决定去应试,因此正式踏入报界。这份报纸有一定的办报历史,因此,在当时影响力较大,有了这份固定的职业,金近的接触面也更大了。他一边工作一边学习,同时准备创作。正在他为继续创作儿童文学还是改写成人文学而烦恼时,金近得到了文学大师茅盾先生的鼓励。

当时,金近以记者的名义拜访了茅盾,他向茅盾诉说了自己的创作苦恼后,茅盾对他说:"你能写儿童文学很好,写儿童文学作品最难,也是最重要的,应该再写下去,不要间断。儿童报刊暂时没有,以后总会有的,要有信心。况且成人报刊也可以发表儿童文学作品……"茅盾的话坚定了金近继续创作儿童文学的决心。从此，金近跨上了文学创作的新台阶，他从社会的各个阶层积累了不少素材，并写出了一批有影响的儿童文学作品。

把儿童文学当作自己的生命

新中国成立前夕，金近幸运地参加了全国文艺工作者代表大会。这次会议上，他见到了许多老作家，有郭沫若、茅盾、周扬等，一直给予金近帮助的何公超也来了，这让金近很高兴，更让金近激动的是见到了毛泽东和周恩来。这次会议让金近感慨万千，他希望自己多长几只胳膊为新生的祖国出力。

会议结束后，金近在戏剧家冯雪峰的介绍下去了东北电影制片厂做编剧。后来，"东影"美术片组并入上海电影制片厂美术片组，金近回到上海。他积极创作，这期间，他创作了《谢谢小花猫》《小猫钓鱼》《采蘑菇》《小鲤鱼跳龙门》等童话片，这些作品后来被搬上银幕，受到了小朋友们的热捧和欢迎。

1952年6月，刚完成《小猫钓鱼》的剧本，金近就被调到北京国家文化部剧本创作所工作。当时，全国文协为促进儿童文学创作发展，让张天翼任儿童文学组组长，张天翼对金近很熟悉，他正准备物色金近协助自己开展儿童文学创作的组织工作。正是这个偶然的机遇，在张天翼的大力协调下，金近调到了中国作协。从此，金近开始了儿童文学创作的组织工作并全身心扑在儿童文学事业上。他积极调查儿童文艺书籍出版情况，为作协拟文，向有关领导机关反映，特别是在作协书记处向全体会员作家发出呼吁，要求每一位作家在一年内至少为小读者创作或翻译一篇儿童文学作品或一篇评论,以迅速改变儿童读物奇缺的状况。

金近还去附近的小学体验生活,创作了儿童诗《小队长的苦恼》《有这样一个孩子》《最糊涂的同学》等作品。他坚持把丰富多彩的生活以日记的形式记录下来。从1953年到1955年,金近前后记了几大厚本,他在日记中写道:"这是千真万确的真理:生活是最重要的。什么样的生活,写出什么样的作品来。"

1957年冬天,中央号召作家要深入生活到工厂、农村去。于是,他立即向作协党组打报告,最终,经中央宣传部的同意,他被批准了。1958年2月,浙江省委宣传部决定金近落户临安县。当时,县里考虑为金近下乡方便,同时可以让金近帮助县里推动文艺创作,临安县委决定安排金近兼任县委宣传部副部长。

随后,金近来到了大山深处的杨岭乡落户定居,他选择了该乡条件最差的一户人家住下。这户人家父母已去世,只剩3个孤儿,金近就在猪圈旁的小屋搭了个铺住下。白天,金近去地里和农民一起参加劳动,晚上,金近就在煤油灯下做笔记或写作,虽然生活艰辛,但他觉得格外充实。他在3个孤儿家住了两年,在山区生活、工作了3年,5年的日日夜夜,亲情、友情,使他以后经常怀念这块故土。这个时期,他主要创作了一些反映农村生活的儿歌、散文和小说。直到晚年,金近还常向人说:"50年代末和60年代初,这段时期,在浙江山区生活,写的短篇小说和散文,全是反映山区孩子们的生活,对我来说,这一段时间也是非常值得怀念的……"

在《三个孤儿》纪实篇的引言中,金近这样写道:"当年天目山区的小朋友们,你们现在在哪里呢? 在多灾多难的日子里,我们一起度过艰苦的日子，虽然时间随着流水漂得老远，可是在我的记忆里，还是那样深切难忘。"可见他对临安这个第二故乡的感情。

1959年，金近应作家出版社邀请，到北京编辑出版选集《春姑娘和雪爷爷》，这也是他对10年来所写儿童文学作品的一次总结。选集收录了童话、诗歌、散文、小说4种体裁的作品，约20万字。从新中国成立到1959年，金近在时代、民族的召唤下为儿童文学的发展坚守阵地，他到山村落户，把儿童文学当作自己的生命。

站好童话作家的最后一班岗

自1949年开始童话创作以来，金近在儿童文学这块园地上可以说是全面开花，他对童话的创作和研究表现出了极大的兴趣，他一面创作童话，一面对童话创作的特点进行探索。金近花了比较多的精力和时间针对当时青年作者对新童话创作的模糊想法，做了调查与研究，于1954年前后在《文艺报》上发表了《童话创作上的几个问题》《文学的特殊形式——童话》及《关于童话的现实意义》等理论文章，详细地阐述了自己的观点。在当时，这些文章起到了较大影响。

冰心老人曾评价说：

> 金近所用的话都是最通俗的儿童语言，就这一点，我敢说比一些儿童文学家写得都好。就是这一点，就是最天真、最纯洁、最深入儿童生活，像我们就没有他那样的生活。他的这些生活就是跟儿童融化在一起，平起平坐

地用孩子的语言来跟孩子说话。他写出来的东西,我看没有一句有典故的,没有一句有成语的,都是写得很通俗。我觉得我现在重新看起来,可以说我们写儿童文学的最成功的就是金近。

从20世纪40年代到80年代,金近创作了童话、儿童诗、儿童小说及散文等500余篇,其中主要是童话,他是作品最多的儿童文学作家之一。他在《文学的特殊形式——童话》一文中,写了创作童话的4个特点:童话的情节非常紧凑,故事性非常强,因此童话的故事本身就是非常吸引人的;童话的文字也是很优美的,富于诗意的;童话还有一个特点,就是要有浓厚的趣味性,这种趣味应该是儿童的趣味,别的文学形式也有趣味,童话则比较强调趣味;童话的对象主要是儿童,我们写的时候首先要照顾儿童能够看,但同时也要做到大人喜欢看,所谓"老少咸宜"。

金近所讲的4个特点,在他的童话作品中得到了淋漓尽致的表现。《小鲤鱼跳龙门》《布谷鸟叫迟了》等作品,主要表现了中华人民共和国成立后的社会主义建设和新一代的幸福成长,这些作品从一个侧面反映了社会主义建设的伟大成果以及孩子的优秀品德;《狐狸打猎人》《骗子的故事》等作品,则披露了社会生活中的不良现象和一些卑劣、有害的思想,这类童话帮助小读者认识生活的复杂性,使其尽快成为勇于思索、善于明辨美丑善恶的一代新人;《骄傲的大公鸡》《蝴蝶有一面小镜子》则是另一类劝导孩子们克服缺点,努力提高思想认识,从中得到借鉴和启发的作品。

金近一直默默耕耘,笔耕不辍,直到晚年,仍不停歇。1976年,金近从干校调回中国少年儿童出版社后,便开始筹备《儿童文学》复刊,为复苏童话做种种努力。他顶着压力首先在《人民文学》《上海文学》等权威刊物写作童话,发表了《小白杨要接班》《像果冻的苍蝇》等,忙得不亦乐乎。他把自己称作文学战线的老兵,并提出"童画无国界"的观点。70岁那年,金近仍在埋头苦干,创作了《最受欢迎的小猫》《哈哈笑的小喜鹊》等童话作品。

随着金近的童话在国内陆续发表,他的影响力不断扩大,不仅享誉国内文坛,而且还博得了外国孩子的喜爱。他的童话作品也被翻译成日、俄、英、意、南斯拉夫等多国文字发表。

他夜以继日地为孩子写作,站好一个童话作家的最后一班岗。1989年7月9日,74岁的金近因病去世。然而,他留下的作品及对孩子们深切的爱心,影响了一代又一代人……

贺宜是我国著名儿童文学出版家、编辑家,又是我国当代著名儿童文学作家和理论家。抗战前,贺宜创作了童话集《小草》,抗战初期,他写出了《野小鬼》《凯旋门》等小说和童话,是当时上海最有影响的儿童文学作家之一。

抗战胜利后,贺宜一边创作,一边参与儿童文学组织、编辑、领导等工作。进入新时期,贺宜的创作取得了丰硕的成绩,赢得了少年儿童的欢迎。一直到晚年,贺宜仍然笔耕不辍,为儿童写作,他把全部的爱倾注在下一代身上,把全部的生命放在了儿童文学事业上。

从热爱阅读到出版第一本童话集

贺宜原名朱家振,1915年出生于江苏松江(今上海金山)的一个封建家庭,因为生肖属虎,而祖父、父母均属羊,被认为"克星"。

贺宜从小就受到父母的虐待，他的母亲连奶也不喂给他吃。

贺宜晚年回忆起童年时说："我可以说是没有童年的乐趣，在家里没有一个人怜爱我。可是我也有短期的自得其乐的乐趣。那是在我读了一些武侠小说以后，我醉心于当一个小侠客，可以行侠仗义，劫富济贫，把这个可诅咒的世界翻个身！因此我的童年乐趣是苦练上天入地飞檐走壁的基本功。我曾在脸盆里学潜水，曾脱光衣服偷偷地在小河浜里学游泳，撑着河底向前爬动的两个手掌，被碎玻璃片划得鲜血淋漓，却不叫一声痛，而是觉得其乐无穷。后来，准备和一个小朋友一起上船入山访道的时候，被我父亲知道了，给了我两个响亮的耳光，拖回家里狠狠地揍了我一顿！我自得其乐的童年乐事也就成为泡影。"

苦难的童年让贺宜无时无刻不想逃离自己的家。1925年初夏，贺宜从小学毕业后来到上海寻求姑母的帮忙念中学。在姑母的帮助下，贺宜跟随表兄去了上海民立中学初中部读书。他学习勤奋刻苦，一有时间就大量阅读。3年之后，当他以优异的考试成绩初中毕业时，父亲却不愿意再培养他，不给他学费念书，贺宜即被辍学在家。

姑母特别疼爱贺宜，每月提供给贺宜足够的生活费，让他继续跟表兄去上海，此时，表兄已高中毕业在上海图书馆工作。到上海后，贺宜每天沉醉在图书馆里，他从图书馆借书，读了许多世界文学名著，这样的生活持续了两年。之后，贺宜在一所英文补习学校读了两年书，在这里，他结识了杜辉义、叶紫、陈企霞、钟望阳等人，他们中很多都是文学青年，他们对文学事业的执着追求激起了贺宜对文学创作的兴趣。从此，贺宜在广泛阅读的同时，开始练习写作。

姑母家条件也不好，因为常年接济贺宜，姑母在家左右为难。1933年春，姑母给贺宜寄来最后一笔生活费时，还附来了一封信，委婉说了自己的苦衷，希望他能找一份工作，自食其力。

贺宜理解姑母的为难，困境中的贺宜在别人的帮助下找到了一份在小学教语文的工作。当时的工资是每月10元，虽然不多，但贺宜也非常满意了。从这时起，贺宜开始了自立的生活。当了老师之后，贺宜几乎天天和孩子们在一起，时间久了，他对孩子们爱看课外书的迫切心理有了进一步的了解。在与孩子们的交往中，贺宜直接体会到了文学创作的艺术方法，也为他后来毕生从事儿童文学创作准备了取之不尽的写作素材以及从生活中提炼、概括的技术手段。

他决心要为孩子们写作，并尝试童话创作。一个偶然的机会，贺宜认识了当时在《辞源》编辑所工作的周建人先生。周建人很关心贺宜的工作和写作情况，贺宜把自己创作的《蛟先生和他的联盟者》《小山羊历险记》《聪明的牧童》给周建人看，并请他给予指点。周建人看完后既惊讶又欣喜，尤其对《蛟先生和他的联盟者》赞不绝口，于是他把这3篇童话介绍给了商务印书馆的《儿童世界》。

1933年9月，贺宜的第一篇童话《蛟先生和他的联盟者》在《儿童世界》发表。主编徐应昶特意在《编者的话》中有所启发地写道："《蛟先生和他的联盟者》描写得很有趣，而且颇有些寓意，各位读后能够看得出吗？"童话发表后，周建人又鼓励贺宜"以后多看些书，多写一些创新意、有思想内容的作品"。贺宜深受启发，自此走上了创作之路。

1934年暑假，贺宜应同乡的邀请，辞去小学教员工作，去了上海图画书局工作，并同左翼作家李辉英共同编辑《生生月刊》，不久即参加中国左翼作家联盟。然而，《生生月刊》成立不久就停办了。无奈的贺宜静下心继续从事童话创作。

1936年春，贺宜把日常创作的童话编成集子，先后投寄给几个书店，希望能够出版，但是，并没有如愿。叶紫、杜辉义等朋友知道后，建议贺宜可以仿照鲁迅先生主编"奴隶丛书"的办法：用一个并不存在的书店名义，自行印行。

就这样，在大家的大力帮助下，贺宜选了一篇题为《小草》的童话作为集子的书名，表示自己的作品只是儿童文学园地里的一株小草。他用了"贺宜"这个笔名，表示对进步儿童文学事业和自己投身于这个事业的祝贺之意。

1936年6月，贺宜的第一本童话集《小草》出版了，收集在《小草》中的15篇短篇童话，题材广泛，内容多是描绘当时的社会现实。《小草》初版只印了1000本，之后又重印和再版。抗战爆发后，当时在孤岛的上海坚持抗日宣传的地下出版社——"少年出版社"把《小草》改名为《真实的故事》再次出版；之后又在华中抗日根据地翻印了"大众本"1万本。随着《小草》的出版，贺宜逐渐走上写作的道路。

用童话宣传抗战

1936年8月底，贺宜经朋友的介绍又找了一份小学教员的工作,他白天忙于上课,晚上空下来就在灯下看书写作。短短几个月,他创作了两部长篇童话《两个花园》和《地狱》,分别在《儿童文艺》《少年世界》连载。

随着战争硝烟日浓,学校和杂志纷纷停办,贺宜既失去了工作,又失去了发表作品的地方。在滞居家乡的日子里,贺宜创作了童话《蜜蜂国》。

家乡沦陷后,备尝颠沛流离之苦的贺宜带着夫人来到上海,生活极为困顿。幸运的是,这期间,贺宜认识了著名教育家陈鹤琴先生,当时,陈鹤琴是上海工部局华人教育处处长,兼任上海难民救济协会难童教育处处长。拜访陈鹤琴之前,贺宜事先委托朋友把自己创作的《小草》送给陈鹤琴指教,见面后,陈鹤琴便问起贺宜最近的创作情况。贺宜谈了正在写作的《野小鬼》,这是一部反映上海郊区少年儿童在民族解放战争中的生活和斗争的长篇儿童小说。陈鹤琴听后说,现在是抗战期间,向孩子们进行抗日宣传非常重要,希望早日完稿,及早与孩子们见面。同时,当陈鹤琴了解到贺宜夫妇的生活状况后,还引荐他到自己管辖的学校工作。

1939年6月,贺宜的《野小鬼》出版,这之后,贺宜又创作了《隐士的胡须》《凯旋门》等童话。陈鹤琴很关心贺宜,他在阅读了贺宜给他的赠书后,对这位自学成才的青年作家更加喜欢。有一次,他遇到贺宜,问他最近在写些什么,贺宜告诉他最近工作忙,还没有写出什么来。陈鹤琴感叹:"学校应该给你更多的时间为孩子们写作呀!你把时间安排得好些,就能腾出时间来了。"陈鹤琴还特地打电话给学校校长,指示校方给贺宜多一点自由支配的时间,要支持他的儿童文学创作。

陈鹤琴给予的教诲和帮助,不仅鼓励了贺宜继续发奋写作的激情,而且还为他的写作创造了一定条件。1940年初的那个寒假,学校没有安排贺宜其他任何工作,使他有一段宽裕的时间进行写作。贺宜利用这个假期,创作了长篇童话《木头人》。他在叙述当时创作的历史背景时写道:

> 其时正是抗战第3年。祖国的大片河山处于敌寇铁蹄蹂躏之下,敌占区出现了好几个伪政权,大大小小的汉奸沐猴而冠。还有一小撮国民党投降主义者标榜抗日,暗中却和敌寇勾勾搭搭,残害坚决抗日斗争的人民,置民族利益于不顾,甘心为鬼子效劳。英勇的中国人民一面要和民族敌人进行战斗,一面又跟这批民族败类和投降派展开斗争。我写这部童话,为的是揭露和鞭挞这些民族丑类,反映人民对他们的愤怒和仇恨,以及坚决与他们作斗争的意志。

这部童话的最大特点,是它在构思上跳出了一般童话的窠臼,表现了鲜明的时代特色。从1940年9月开始,受战争影响,贺宜带着妻儿在陈鹤琴的关怀下先后辗转江西泰和、赣州、广昌等地教学。在工作的同时,贺宜始终不忘创作,写了一大批优秀的童话故事,对宣传抗战救亡起到了积极作用。

主编《童话连丛》

1946年10月,贺宜加入了中国共产党,党组织交给他的第一个任务,就是担任上海儿童文学工作者联谊会里的党小组召集人。之后,贺宜又担任了中国少年剧团团长。1947年,贺宜开始主编《童话连丛》,为促进童话创作繁荣做积极努力。

《童话连丛》是我国第一本专门发表童话创作的刊物。贺宜觉得,这本刊物既然以发表童话创作为主,那么,就应该扩大童话的样式、题材和体裁,必须在旧有的童话形式上有所拓展。因此,凡是与童话有联系的作品,如故事、传说、民间故事、童话散文、童话诗、寓言、科学童话、童话剧、儿歌等,都应该在《童话连丛》上发表。他把这些想法,用写信的方式同作者们作了交谈,请大家大胆创新,不拘一格。

1947年10月,《童话连丛》第一期正式发行。在创刊号的扉页上,贺宜写了一篇《童话自传》,用拟人化的童话自叙的形式,向读者表达了刊物的宗旨:

> 我姓童,名话,绰号"故事大王"……我有一个大家族,说来好笑,这个大家族里的分子,你也叫童话,他也叫童话。……可是童话们有好有坏,不管好坏,大家都喜欢跟你们小朋友亲近,这倒是一律的。好的童话呀,跟小朋友们在一起,天天劝他们怎样做一个聪明的、勇敢的好孩子;坏的童话呢,跟小朋友们在一起,天天引诱他们做那

种无聊的梦，弄得他们昏头昏脑，是非不明，黑白不清，成
天想发财，娶公主，遇仙人，做武士，变成一个木偶般的小
傻瓜。

我因为看见许多很可爱的小朋友，上了我们童话家
族里坏东西的当，吃了不少亏……所以集合了几个有好
心的童话，来集体拜访各位，希望和各位做要好的朋友。
我们中间，有的很博学，可以把自然界的秘密揭露给你
看；有的很世故，可以把社会上的陷阱指点给你看，希望
你不致跌下去，更希望你填平它；有的会在你沮丧时鼓励
你；有的会在你自满时讽劝你；有的会演戏给你看；有的
会唱歌给你听。我想我们一定要好好地干。

贺宜这篇短文形象地描绘了坏儿童读物对儿童的欺骗与毒
害，同时也表示刊物要为孩子们服务，要让刊物成为孩子们的"良
师益友"。

为了提升刊物的品牌影响力，加强童话的活力，扩大童话的题
材范围，贺宜还对具有浓厚童话色彩的社会新闻进行裁剪，以此扩
大童话的题材范围。他还专门开辟《最真实的童话》专栏。在贺宜
的努力下，《童话连丛》团结了一大批儿童文学工作者。陈伯吹、包
蕾、金近等都在《童话连丛》发表过作品。《童话连丛》虽然只出版了
12期，但它在当时所起的作用是巨大的，推动了童话创作的繁荣
发展。

创作的飞跃

新中国成立后,贺宜先是担任共青团上海市委少年部副部长,之后调到《中国少年报》工作,先后担任中国少年报社秘书长、副总编辑等职。贺宜认真做好工作,把全部的精力用于为孩子服务,他还大胆实践新童话,努力思考如何使童话在新形势下更新,以便更好地担负起时代所赋予的重任。

1959年2月,贺宜在童话集《小神风和小平安》的"后记"中,回顾了这一时期的情况:

> 1949年以来,我写的童话比以前少多了。除了工作较忙以外,另一个原因,坦率地说,是觉得童话比以前难写了。……过去的童话形式,已经越来越难于反映当前的千变万化、一日千里的现实生活。当然,不能说童话今后将要逐步衰亡了。我以为,为了使童话适应时代的要求,它的表现形式肯定应加以改进和不断革新。不过这需要一个摸索和大胆试验的过程,有待于所有的儿童文学工作者们的共同努力。

正如贺宜自己所说,经过创作实践,他冷静下来认真思考,并广泛阅读、细心梳理、归纳总结,创作了一批出色的童话作品。1956年,为了更好地创作和潜心研究儿童文学理论,贺宜向组织提出不再担任行政工作,进行专业写作的想法。他的要求获得了批准，从 1957 年元旦起，贺宜开始进行专业写作。他十分珍惜这一难得的机遇，把全部的时间都放在创作活动上。儿童小说、童话诗、童话等多种题材都取得了丰硕的创作成绩。

1959 年，贺宜调回上海从事儿童文学专业写作，并出任少年儿童出版社《儿童文学研究》丛刊主编。在这之前，经过将近 30 年的写作经验积累，他满怀信心地搜索长篇创作的题材。少年英雄刘文学的形象吸引了他，使他萌发了为刘文学立传的构想。经过一段时间的准备，1960 年 5 月，贺宜长途跋涉到四川省合川县，采访了一个月，并于 1963 年再次去采访并在那里住了 3 个月，终于完成了长篇传记小说《刘文学》的初稿，后又修改于 1965 年出版。这部 16 万字的长篇传记小说的完成，可以说是贺宜从事儿童文学写作以来的一次飞跃。过去他偏于遐想，往往运用童话寓言的形式，借助拟人化了的动物来演绎、阐释人类普遍的真理，或以一般少年儿童的学校生活、乡村和城市卑微儿童的苦难生活为题材，写了一些中短篇小说，篇幅不大，没有跳出自己所经历过的个人生活的圈子。现在则突破这一界限，投入到鸿篇巨制的现实主义文学创作的境地。这也预示着贺宜进入了创作的高峰期。

在此后的"文化大革命"期间，贺宜在做好自己本职工作的同时，仍然不忘创作，并先后几次去大庆，细致采写王进喜的英雄事迹。1977 年 4 月，经过多年创作的传记小说《咆哮的石油河》开始在《少年文艺》月刊上连载，并于 1978 年 5 月由中国少年儿童出版社出版了单行本。

晚年潜心童话写作

20世纪70年代末,中国的文艺创作获得了新生。1977年,儿童文学作家金近首先在《人民文学》发表了童话《小白杨要接班》,这让荒芜的儿童园地响起了第一声嘹亮的响声。贺宜看完老友的童话新作后,激动与欣喜之情油然而生,他也立即投入童话创作中。

1977年8月,贺宜在上海《少年报》上发表了童话《像蜜蜂那样的苍蝇》。1978年,贺宜应邀到江西庐山召开的全国少年儿童读物出版工作座谈会,并发表了题为《为了下一代的健康成长》的发言。这之后,贺宜写了一批优秀的童话作品,为少年儿童编织起一个绚丽多彩的童话世界。

进入晚年的贺宜身体一直不好,1979年入秋后,贺宜就住院治疗了,即便如此,贺宜仍然不愿意停住自己手中的笔。他作为少年儿童出版社编辑出版的作家自传集《我和儿童文学》的作者之一,于1979年年底到1980年1月,撰写了长达2.5万字的《为了下一代》,详细记叙了自己如何走上儿童文学创作道路的历程以及自己30年间的儿童文学活动,通过自身的经历,概述了我国现代儿童文学的真实历史。

1980年6月,贺宜又陆陆续续开始动笔写随笔,每当病中"来了精神"之时,贺宜就勉力握笔,等到文章积至三四篇时,则交《儿童文学研究》发表,总题即为《小百花园丁随笔》。

1980年夏天,上海的儿童文学工作者决定筹备创办一本大型儿童文学丛刊《巨人》，编辑方针中特别强调作品要有鲜明的儿童特点，新鲜活泼，生动有趣，能真实反映生活，为少年儿童所喜爱。作为主编之一的贺宜，根据这一要求，又创作了一部4.6万字的中篇童话《小小的小姑娘》，这是他写得最长的一部力作。

这之后，贺宜的病情越来越严重，写字时双手颤抖不已，但在这样的病情中，他仍勉力工作，《小百花园丁随笔》结集出版时，他已病危。

1987年8月20日，贺宜告别了数以万计的小读者们，默默离开了人间。正像他的童话《鸡毛小不点儿》中的小不点儿，用全身心厮守着小葵花子，帮助它能茁壮成长一样，贺宜把自己全部的爱，献给了下一代。

为童话插上影剧
艺术的翅膀

包蕾是著名童话作家，也是卓有建树的儿童影剧作家。他一生都在写儿童剧剧本，写各种各样的童话，各式各样的美术电影本子……他以自己卓越的创作，为中国的儿童文学事业和美术电影事业做出了巨大贡献。在中国现当代儿童文学作家中，能够横跨儿童文学、儿童艺术两个领域，又都有卓越成就的，包蕾是第一人。

与儿童文学结缘

包蕾原名倪庆秩，1918年11月出生于上海一个高级知识分子家庭。包蕾是家里最小的孩子，因为父母终年劳碌，加之父亲工作的变动，包蕾很小的时候就跟随父母远离家乡来到了北京、天津等地。全家北上后，为了让包蕾能更好地适应新的生活环境，母亲专门从家里的女佣中挑选了一位性情好、心眼活、手脚勤的做他的领妈。这位领妈，让包蕾原先寂寞的童年变得有乐趣。

领妈为了教包蕾学北京话，就常常念一些北京的儿歌或童谣给他听，每天临睡前，领妈又经常给他讲述那些或惊险万分、或感人至深的动听的故事，让幼年包蕾听得如痴如醉。不仅如此，领妈在给包蕾念儿歌、讲故事的同时，还会亲手做一些简单的玩具让包蕾玩得更有趣。领妈使包蕾的生活充满生趣和乐趣，也使他的脑子里充满了异想和幻想。那些儿歌、童谣也成为包蕾最早得到的文学启蒙。

上学后，包蕾对读书特别钟爱，一向严肃的父亲在闲暇之余也会给包蕾讲一点《三国演义》《水浒传》中的故事。这些故事开拓了包蕾的文学视野，激发了他的文学兴趣。读书时，包蕾最爱去的就是学校的图书馆和阅览室，《儿童画报》《小说月报·儿童文学》是当时包蕾最爱读的杂志。步入小学高年级时，包蕾全家又回到了上海，这时，他读的书更多了，大量的阅读也使包蕾的知识面不断扩大，包蕾的童年生活也变得更加丰富。

小学毕业升到初中时，包蕾第一次遭遇不幸，他的父亲因搞公债投机失败而致破产，家境顷刻败落，全家因此搬离了原先居住的洋楼，搬进了当时上海底层人民居住的地区。包蕾也只能到平民子弟学校开明中学读书。不过，学校的课程设置、讲课质量都不差，学校也有很多很好的老师，包蕾在此并没有失落。当时，开明中学的图书馆有不少有价值的藏书，包蕾在这里意外地借到了一些"五四"前后的新文艺作品，他于是读起鲁迅先生的著作，而且特别喜欢读鲁迅的杂文。鲁迅的杂文不少是写儿童的，通过阅读，包蕾的思想渐渐成熟。

1922年以后，鲁迅先生翻译的《爱罗先珂童话集》、爱罗先珂的三幕童话剧《桃色的云》、匈牙利女作家至尔·妙伦的短篇童话集《小彼得》、荷兰作家望·蔼覃的长篇童话《小约翰》都陆续出版,学校的图书馆都能借阅到,包蕾就一本一本地阅读。通过阅读鲁迅这些译介作品,包蕾真正理解了儿童文学,使他"尊重起儿童文学来"。因受鲁迅童话译作的深刻影响,包蕾悟到了国外童话的长处和值得借鉴的地方。于是,他又大量阅读了世界上最著名的童话:丹麦的安徒生童话,德国的格林童话、豪夫童话,意大利的科洛迪童话等。也因此,包蕾对童话这种作品有了更多的了解和理解,也有了更浓厚的兴致和兴趣。

随着抗战的爆发,包蕾以"文艺"的方式投入了战斗,他积极向报社投稿,大量的文艺短评得以发表,他又翻译外国的进步文章和短小幽默的童话。后来,包蕾又参加了上海青年救国服务团,担任服务团宣传部副部长,负责抗日前线的宣传工作,并参与编辑《抗日救亡报》。1937年,包蕾参加了进步组织"小学校教师联谊会",并为该组织创办的刊物《好孩子》写儿童剧,以便在全市的小学中开展演抗日救亡戏剧、讲抗日爱国道理的活动。从1938年10月至1939年夏初,《好孩子》每期发一个包蕾写的儿童剧,连发了10个剧本。1939年夏天,包蕾将这10个小剧本集成《祖国的儿女》由少年出版社出版。之后,包蕾又写了多幕儿童剧《雪夜梦》,也由少年出版社出版。

抗战胜利后,包蕾仍坚持写儿童剧,先后写了多幕剧《巨人的花园》《胡子和驼子》,独幕剧《玻璃门》《瓶里的魔鬼》《寒衣曲》《求仙记》等。从1938年至1948年的10年间,包蕾以敏锐的目光看透现实社会,以善良的真心关注战乱摧残中的少年儿童,他全身心投入儿童戏剧事业，并做出了积极贡献。

默默耕耘低幼童话创作

新中国成立后，根据党组织的安排，包蕾被派到中国新民主主义青年团上海市委员会少年部工作。就在此时，团中央要筹建一个专门出版少年儿童读物的机构，到上海物色这方面的人才，当时的相关负责人推荐了包蕾。1951年，新中国第一个少年儿童出版社成立，包蕾担任了出版社的编辑部主任。

当时，包蕾分管社里唯一的一个儿童刊物《小朋友》杂志。《小朋友》杂志常常缺少好的来稿，最缺的是好的童话和可供幼儿表演的小剧本。编辑们向他汇报杂志工作的同时都向他约稿，不仅如此，当时的儿童文艺界也鼓动他写。包蕾深受鼓舞，他想起自己幼年时代看一本儿童读物时的喜悦心情，于是，他决定在繁忙而紧张的工作之余，深入生活，接近幼年儿童，了解他们的心理、爱好、幻想和爱憎。

不久后，包蕾就陆续创作了《小熊请客》《老狼拔牙》《鹅大哥》《布娃娃长大了》《做新衣》《挂挂红灯》等十余种作品以及散见在《小朋友》上的一些作品。他还写了《小咪和毛线球》《小兔子"我知道"》《鹦哥学人话》《火萤和金鱼》《马和鲫鱼赛跑的故事》等十余篇童话。

包蕾创作的这些低幼儿童文学作品，很快在幼儿中流传开来，《小朋友》杂志的发行量也不断增加。包蕾的好几个童话小歌舞剧，在幼儿园的游戏室和教室，在小学的操场和礼堂，在各种节目的晚会和游艺比赛中,不断地上演着。包蕾作品受到如此欢迎,也引起了当时中国儿童文艺界的不小震动。他的《小熊请客》,从1957年开始,一直是中央人民广播电台《小喇叭》栏目里的保留节目,连播几十年,受到一代又一代儿童的欢迎。包蕾在低幼儿童文学尤其是童话创作上的成功,使不少儿童文学作家悟到了许多,大家一致认为,写好儿童文学作品最重要的就是到儿童生活中去,全身心地投入。

随着社会的进步,儿童地位的确立,儿童文学、儿童读物受到了全社会的日益重视,这方面的工作也日益深入。1955年7月,国务院发出《关于处理反动的、淫秽的、荒诞的书刊图画的指示》,接着,《中国青年报》发表了《让孩子们有更加丰富多彩的读物》的社论。作为少年儿童出版社编辑工作的负责人,包蕾倍感责任重大,不断探索和创新写作手法,继续在低幼童话创作上默默耕耘。同时,国内能刊登低幼童话作品的报刊几乎都来向他约稿,他的作品随处可见。《小兔子"我知道"》《小咪和毛绒球》《小山羊历险记》《小汪汪》《小白鸽飞向天安门》《猪八戒吃西瓜》等都是包蕾这一时期创作的低幼童话。写作时,包蕾不再只是偏向于对幼儿行为的开导、行动的引导,而更着重于道德情操的熏陶、心灵情感的熏染。正因为此,包蕾的作品越来越深受孩子们的喜爱,他的大部分作品都出了图文并茂的单行本,又分别以《小咪和毛线球》《小金鱼拔牙齿》为书名出版了这一时期他创作的低幼童话选集。

在低幼童话创作取得卓越成绩的同时,包蕾把主要精力集中在了少年儿童出版社的工作上。包蕾下决心抓了两件"大事",一是在1953年7月创办了《少年文艺》文学月刊。该杂志是中国第一本面向高年级小学生和初中生的文学刊物,以"少年的、文学的、社会主义的"为办刊方针,坚持"亲切、多样、有趣"的原则,还为少年读者提供学习写作的园地。直到今天,它在国内外都拥有广大的读者群。二是1957年创办了内部刊物《儿童文学研究》,这是中国第一本关于儿童文学理论、评论的刊物,于1959年1月,以丛刊形式正式公开出版。在以后几十年的漫长岁月中,它一直是中国唯一的一本儿童文学理论、评论的刊物。

包蕾在低幼童话创作领域以及在少年儿童出版领域所取得的成就,极大地推动了中国当代儿童文学的发展并产生了深远影响。

童话与影剧相结合

1963年,包蕾从少年儿童出版社调到上海美术电影制片厂担任编剧工作。一开始,包蕾身边的同事、朋友担心他不能适应新的工作和环境。然而,包蕾却对新的工作表现出了极大的热情。在他看来,美术影片生动有趣、活泼多样,不仅少年儿童爱看,不少影片也是成年人所喜闻乐见的。

于是,包蕾以自己出众的才华和辛勤的劳动开拓着这片儿童艺术的新园地。他一边积极原创剧本,一边改编优秀的童话作品,并用多样的形式来表现。由包蕾编剧的美术电影,不仅拍了动画片、剪纸片,还拍了木偶片、折纸片等,引起了广大观众的好评。1964年,包蕾在提炼生活素材的基础上,创作了反映当代农村儿童生活的美术电影剧本《山村新苗》。作品既反映了山村儿童在战天斗地的现实生活中的新思想、新风貌,又充分发挥了美术片富于想象的艺术特点,为美术片如何反映社会主义现实生活提供了一个很好的例证。与此同时,包蕾还创作了美术电影剧本《四点半》《斗狼记》。在这些创作的美术电影剧本中,《山村新苗》与《斗狼记》被拍成了动画片,《四点半》则被拍成了木偶片。

当时,木偶片是美术电影的一个新片种,是在借鉴木偶戏的基础上发展起来的一种电影样式。与动画片相比,木偶片显得更有立体感,更有生活气息。中国的木偶戏源远流长,古老而新颖。对包蕾来说,这些在中国民间流传悠长而广泛的剧种,他都十分喜爱。之后,包蕾编剧拍摄的美术片,大多都拍成了木偶戏。即使拍最常见的动画片,包蕾也非常注重采用具有浓郁民族性的绘画形式,符合中国儿童尤其是广大农村、牧区儿童的审美意识。

从调入上海美术电影制片厂担任编剧开始,包蕾便全身心地投入到美术电影事业。每当与朋友们一起谈到他与美术电影的缘分时,他总会谈起自己怎样从小就与美术电影有不解之缘。他曾写道:

> 对于美术片,我素来是喜爱的。在1949年前,我就曾迷恋过狄思耐的米老鼠以及他所摄制的其他卡通片。每星期日的星期早场放映卡通片集锦,我常是座上客。对《白雪公主》《小鹿斑比》《狂想曲》等片子,不止看一遍,对"唐老鸭""大力水手"等卡通明星,我都是熟悉的。

从1966年开始,包蕾虽然历经磨难,但他始终没有失去信心。党的十一届三中全会以后,包蕾终于又拿起笔,创作自己喜爱的美术电影剧本和童话。虽已步入晚年，但是，包蕾那股创作的劲头却始终没有减弱，而且他更有一种紧迫感和使命感。进入新时期以来的短短六七年，他创作的作品超过了过去的17年。《画廊一夜》《象不象》《奇怪的球赛》等都是包蕾这一时期创作而成的。

1980年，由包蕾编剧摄制的动画影片《三个和尚》，以艺术的创新和浓郁的民族风格，受到国内外小观众和大观众的一致好评，在国内影坛与国际电影节上获6次大奖，在中国以及世界上广为人知。此后，包蕾编剧的美术电影不断问世——1980年的折纸片《三只狼》，1981年的木偶片《真假李逵》，1982年的木偶片《狼来了》《假如我是武松》，1983年的剪纸片《老鼠嫁女》和动画片《天书奇谭》，1984年的系列动画片《三毛流浪记》《金猴降妖》和木偶片《石狮子》，1985年的动画片《大扫除》等。

更为可贵的是，包蕾编剧的美术电影，一部有一部的特点，无论是内容还是形式，都时时给观众一个惊喜、一种新奇。他的动画片《金猴降妖》因改编巧妙、风格独异，在国内、国际获6次大奖。凭借在美术电影方面的成就，使世界上各个地区、各种肤色的小孩子们都知道了中国有个名叫包蕾的大作家。

不过，包蕾也仍然坚持创作童话。从20世纪80年代的前期一直到中期，他年年都有童话作品发表——低幼童话有《小胖变皮球》《小猫回家》《小茵和小花》《储蓄箱里的宴会》；少年童话有《假如我是武松……》《车马炮》《石狮子的梦》等。这期间，包蕾自选的童话选集《包蕾童话近作选》于1983年由湖南少年儿童出版社出版。多人合著的论集《三个和尚——从三句话到一部动画片》以及他与阿达合著的《三个和尚》少儿版于1983年、1984年分别由中国电影出版社、少年儿童出版社出版。

就这样,包蕾凭借着自己的艺术创造,以自己的创作才能,努力而执着地耕耘在童话与美术电影领域,取得了丰硕的成果。

冲出童话题材创作

包蕾一生挚爱孩子,晚年,虽然病魔一直缠绕着他,但他总是不以为然,心中更有一种工作、创作的紧迫感。他不停地思索着、探索着:怎样使儿童文艺创作适应新的时代、新的儿童? 怎样在新的时代里继续发扬光大优秀的民族文化传统? 怎样借鉴、汲取外国儿童文学经典?

他一心想着儿童,始终致力于创作童话。即使是写美术片文学剧本,写传奇故事,也没有离开童话的范畴。在写作中,包蕾总能做到另辟蹊径,他不拘囿于以往的、现在的童话题材模式,而是从自己对生活的独特感受、思索和想象来提炼素材,从而使童话题材有了新的开拓、新的发展、新的突破。正因为此,包蕾的童话才得以在中国新时期儿童文学中独树一帜。

具体来说,包蕾童话题材的突破主要体现在3个方面:一是道德童话,二是传奇童话,三是国际童话。《小胖变皮球》《好宝上学记》《妈妈和麻雀》《两只木桶》等都是代表作品。这三方面的题材突破,很好地反映了包蕾晚年童话创作所走过的路。这些作品发表后所产生的深刻而深远的影响,也直接地、深层地推动着、促进着整个童话创作的发展和繁荣。

因为与病魔抗争,晚年包蕾少了许多外出走动的机会,但是,他把更多的时间用于读书。他继续从古典文学名著和各类民间文学中汲取精华,一心想创作出具有民族风格的童话作品,他在多年潜心阅读和广泛搜集民间文学作品的基础上,熔铸、锤炼童话的传奇题材。《斩龙少年传奇》《秃皮鼠大闹糊涂庙》《同梦花》《猪八戒钓金龟》《猪八戒立功》《孙悟空大战肮脏洞》等童话作品都是这一时期的代表作品,受到了少年儿童的广泛好评。

中篇童话《斩龙少年传奇》是包蕾晚年创作传奇题材童话的代表作。该书于1988年由中国少年儿童出版社出版,包蕾在书的后记中写道:

> 本书纯以民族形式(中国化)写成。童话形式受西洋影响,我不反对。从外国吸取营养,但不可忘了"民族化"。一位西洋友人说过,"国际化"说到了底,就是"民族化",信然。君不见一些世界名著,皆有其民族特点,即使中国人写外国故事,又何尝不然呢?

在创作过程中,包蕾呕心沥血,耗费了大量的时间和精力,他以此作为创作中的一种新探索,从中可以看到他是怎样执着地完成童话中传奇题材的创造。不仅如此,包蕾还尝试创作国际题材童话。除了《一场奇怪的球赛》已在1979年改为木偶片剧本并拍成木偶片以外,从1979年至1986年,包蕾又陆续写了《国王登上了飞碟》《克雷博士和熊的传说汇编》《白与黑》《甜蜜的家庭》等7篇作品,1989年由少年儿童出版社结集出版。作品出版后,受到了儿童文学界和教育界的共同关注,同时引起了全社会少年儿童的热捧。

而在中国的童话作家中,专门以"国际童话"为书名出集子的,包蕾是第一人。

1989年,包蕾的身体越来越差,即使在生命的最后时刻,包蕾依然燃烧着创作的火焰。这年11月19日,包蕾病逝于上海。

包蕾一生都在写童话,写剧本,他既是名闻海内外的剧作家,又是大小读者都喜爱的童话家。他的作品一版再版,直到20世纪90年代末,他的各类作品还在陆续出版,而以他的剧本拍摄成的美术电影更是不断地播映。他的作品中那些表达了大众心声和时代精神的富有情趣的幽默、富于想象的智慧,都闪烁着作家对人生的探索、思考的理性之光,激励着、启迪着少年儿童以及由少年儿童长大的所有人们。他的童话,他的儿童剧,他的美术电影,也成为中国儿童文艺中不朽的存在,影响了一代又一代少年儿童。

大自然之子　郭风

郭风是我国著名散文家、散文诗作家、儿童文学作家。70余年间，郭风辛勤耕耘，笔耕不辍，他钟情于自然，在为孩子创作时，始终以小孩子的身份，来写他周围的山水和人物，笔法是那样浅近、朴素、清新，深受少年儿童的喜爱。他一生出版了50多部作品，曾多次获全国奖项，他把自己毕生的精力都献给了散文、散文诗和儿童文学的创作事业。

与文学结下不解之缘

郭风原名郭嘉桂，1917年12月17日（农历）生于福建莆田城关书仓巷一个书香门第之家。郭风的祖父在很年轻的时候病逝了，留下一个嗷嗷待哺的幼儿，这就是郭风的父亲，靠着祖母的勤劳和同族亲人的帮助，终将郭风的父亲养大并成为一名中学职员。可是，郭风的父亲不满足于当一名普通的中学职员，在郭风4岁那年，他决定赴法国勤工俭学,不幸的是,在路途中得了重病,最终不得不半途而归,几天后便病逝了。从小,郭风和母亲相依为命,母亲的坚毅和自信,呵护着郭风的成长。

1924年,6岁的郭风去了当地的私塾上学,同族的长辈们认为新式学堂的课本内容太浅,就建议郭风去私塾读"四书五经",让他从小打下扎实的学问底子。就这样,郭风在私塾读了3年后,到了莆田城关东隅的城东小学读书,一个学期后,郭风又转学去了当时全县最知名的砺青小学。这所学校教学方式开明,郭风最感兴趣的是学校开设的常识课,常识课让郭风有了更多接触大自然的机会。

上课之余,郭风最喜欢去的地方是学校的阅览室,阅览室没有四书五经,却有许许多多儿童读物。在阅览室里,郭风开始接触《小朋友》《童话世界》《少年》《学生》等杂志刊物,这也极大地开阔了他的眼界,把他引向一个自由想象与幻想的天空。他曾在自己的散文中这样写道:

> 有一天,我看到一本书:一下子看见了上面画着一座大森林。不一会,走出一位熊猫阿姨来了,她戴一副眼镜,穿着围裙,在森林的草地上办一所幼稚园了;我赶紧把书翻下去,这下看到好多小朋友:小刺猬弟弟、小白兔弟弟、小青蛙弟弟、小松鼠弟弟,都坐在幼稚园的小椅子上;我赶紧把书翻下去,看见小袋鼠弟弟背起书包,从澳洲大沙漠里跑来了;随后,看见长颈鹿小弟弟从非洲坐一条小木舟来了……

阅读提高了郭风的写作水平，在砺青小学，郭风的作文经常被语文老师作为范文朗读。他还经常偷偷写一些童话，作为自己最初"自我娱乐"性的写作。

1930年，郭风以优异的成绩考进莆田一中，当时，莆田一中聚集了许多北京、上海、广州等名牌大学的毕业生在此任教。他们思想开明，学问扎实开阔，大大提高了学校的知名度和教学水平。在老师们的教导下，郭风的眼界顿时开阔了。从语文课本中，郭风认识了古今中外的文学家，并开始大量阅读这些文学家的作品，他还模仿他们的作品进行创作。

从莆田一中毕业后，郭风考入莆田师范学校，他有了更多时间阅读课外书籍。当时，郭风最喜欢的是上海开明出版社出版的《中学生》杂志，这是一本综合性的月刊，由叶圣陶主编。这本杂志对郭风的整个文学创作与整个人生都起到了重要作用。郭风曾说："它在文学、科学、哲学、美学以至外语知识等诸方面充实我们的心智；更重要的是，读者似乎能从《中学生》的持重、严谨的编辑作风中间，接受某种性情的陶冶、为学之道的启示。"

在读莆田一中和莆田师范的6年中，郭风获得了文学的滋养，他不仅在学校举办的作文比赛中获得最好成绩，而且有多篇作品发表在《莆中校刊》和《莆师校刊》上。这为郭风后来走上文学创作之路打下了基础。

第一本童话诗《木偶戏》

1936年，18岁的郭风从莆田师范学校毕业后，开始了自立的生活。这年秋天,郭风和定过亲的未婚妻林秋声结完婚后,去了凤山小学当语文教员。在担任教员的同时,郭风不忘自己的文学爱好和写作,当时,学校的墙报成了郭风的"表现"阵地。刚刚进校的郭风把每一期的墙报都出得漂漂亮亮,尽量适宜孩子们看,郭风还把自己创作的儿歌、小评论写到墙报上。

一次,郭风的远房姑丈来学校,不经意间发现了墙报上的儿歌,得知是郭风创作的,给予鼓励,同时也指出了其中的不足。他知道郭风想创作童话作品,便建议郭风多读英文本《伊索寓言》《天方夜谭》《鲁滨孙漂流记》,还建议他读拉封丹的寓言诗和格林兄弟童话以及安徒生的全部童话。这对郭风后来的创作尤其是儿童文学创作,有着很大的影响。此后,郭风创作的散文《给孩子们》《失掉了的家》《守着荒寂的山》等作品,先后在《抗敌后援报》《文艺月刊·战时特刊》上发表。

1941年,郭风考进福建省立师范专科学校文史系,该系主任是著名作家章勒以。在这里,郭风的文学创作取得了很好的成绩。当时,学校的设备虽然简陋,但校图书馆的藏书很丰富,郭风就把大部分的时间花在了图书馆。饱览群书进一步提高了郭风的文学素养,扩大了他的文学视野。在阅读的同时,郭风努力写作。当时,郭风并没有专门去进行一种文体的写作,但他发现有的文体写起来很顺手,有的文体怎么写也不顺手,于是,郭风就挑自己顺手的勤写多写。进入学校不久,郭风就创作了两组很漂亮的散文诗《桥》和《调色板》,这两组作品后来都发表在《现代文艺》上。大学期间,郭风又陆续在《现代文艺》发表诗、散文、散文诗等几十篇作品。

　　1944年,大学毕业后的郭风回到莆田,被县城的中山中学聘为语文教师。教学中,郭风切身感受到学生的课外读物太少,几乎是找不出什么书给学生课外阅读,郭风想起了自己读小学时阅读《熊夫人的幼稚园》的喜悦心情:"那些穿着衣裙、翻领短衫,或者戴着小便帽的熊、长颈鹿、小兔们,它们稚气可掬,它们要拍皮球或荡秋千,读书;哦,以连环画形式描绘出来的童话世界,深深打动了我的童稚的心。"郭风从中受到启发,于是,他策划着用文艺的笔调写作动物、植物生活习性的故事,也因此,郭风找到了一种适合自己的写作形式——童话诗。就这样,郭风的第一首专门写给孩子们看的诗《小郭在林中写生》出现了。郭风把写好的童话诗念给学生听,孩子们都听得出了神,郭风在那些依旧童稚的眼光里,受到了极大的鼓舞。

　　此后,郭风便一发不可收拾,沿着这个路子写下去,并且都在投寄前,一一念给孩子们听,一时,年轻的老师郭风,深受学生们的喜爱和欢迎。1944年,郭风写下了《油菜花的童话》《苔藓》《野菊的小屋》《小野花的茶会》《木偶戏》等十余组童话诗。这些作品先后在福建改进出版社《现代儿童》杂志发表,1945年由福建改进出版社结集出版,书名为《木偶戏》。当时,改进出版社社长黎烈文还欣喜地加以推荐,他写道:

　　　　郭风先生的童话诗,给中国新诗开拓了一个新境界,成为新诗坛的一朵新花;以一个可贵的童稚心灵,给我们目中所见的万事万物,一草一木,赋予了一种纯真的生命,写来自然而亲切,充满着蓬勃的清新气息。《木偶戏》

是作者第一本诗集,所收集的是他最好的一部分童话诗。成年人读了,可以获得已失的童真;儿童们读了,可以得到有益的启发。

《木偶戏》的出版,在当时引起了轰动,不仅为郭风在创作上赢得了声誉,而且使郭风的生活道路出现了转折。当时,黎烈文因工作变动,前往台湾主持《新生报》,他抛却不下改进出版社,尤其是由他的夫人许粤华编辑的《现代儿童》,他更舍不得。于是,在离开福建前,他聘请郭风出任《现代儿童》的主编。1946年初,郭风从许粤华手里接过了《现代儿童》。就这样,郭风一人承担起了《现代儿童》的全部工作,在此期间,郭风还发表了数量相当可观的作品,由此,郭风走上了文学创作之路。

儿童文学创作迎来高峰

新中国成立后,郭风受命参与福建省文学艺术界联合会的筹建工作,之后,郭风担任了《福建文艺》的副主编。他认真编辑每一篇稿子,工作之余,他一边阅读一边思考。一天,郭风在阅读中发现了苏联作家普里什文的《大自然的日历》,这让他兴奋不已。这是一本描写俄罗斯北方山林的笔记体散文,在《大自然的日历》中,所有作品只有动物、植物,只有大自然,这些作品引起了郭风童年那遥远而又亲切的回忆,他的写作欲望再次被点燃,他从中得到了某种启迪和创作冲动。

1954年春天,郭风创作了描写大自然的《会飞的种子》并把作品投寄到了上海的《儿童时代》,他相信这样的作品孩子们看了以后一定会喜欢,也一定会有意义。果然,《儿童时代》很快就刊出了他的作品,之后,郭风的作品连连刊登在《儿童时代》上,深受孩子们的喜爱。之后,主办《儿童时代》的少年儿童出版社准备出版他的单行本,这让郭风感到一种成功的喜悦。从此,郭风的创作进入了丰收期。

郭风在20多年后忆及这一段时间的写作情况时说:"凌晨起来,花一两个钟点的时间,写一点,大都是三五百字的散文。但即便这样一篇短文,往往要花几个清晨才能写成。文越短的,可能费时越多。我对短文,有一种改了又改的习惯。老实说,我想尽自己力之所及,写得好些,使孩子们看了比较满意些。"

郭风对写作非常认真,不管写作速度慢还是快。在1955年和1956年两年间,郭风出版了6本书,均为儿童文学,其中两部是诗集,其他4部是散文集。这是郭风继《木偶戏》之后,对儿童文学创作密集的冲击,当时,国内可供儿童阅读的书十分匮乏,郭风的儿童文学作品,正好满足了孩子们的阅读需求。也正因为此,郭风在儿童文学创作中的地位得以确立。

郭风后来回忆说:

全国解放以后,在我的文学创作生活中,首先还是把儿童文学这个旧业抓起来。……我除了写些儿童诗(如《火柴盒的火车》等)外,开始以主要的业余时间和精力,给孩子们写些短小的散文。这些短小散文主要描写山区的动物、植物的生活故事;其中也包括写些童年的回忆,比如坐船到农村亲戚家里去时,看见一只翠鸟搭在船头的印象……稍稍用一点抒情的笔调,构思时给孩子们描绘一点画意。

郭风的这些儿童文学作品有着深远的影响,进入新时期,人民文学出版社还将郭风这一时期出版的4部儿童散文集全部收拢起来,合集出版了一本插图版的儿童文学集《避雨的豹》,引起了社会各界的广泛好评。

该书责任编辑周达宝说:"收集在《避雨的豹》里的作品,不像生物教材那样刻板,不像标本挂图那样正规。作者根据少年儿童的特点,把知识性和趣味性巧妙糅合在一起,能使孩子们兴致勃勃地阅读它,解答了一些为什么,却又启发孩子们提出更多的为什么,而要求得到更进一步的解答……这些别开生面的叙述,给孩子们生物学的启蒙教育,帮助他们认识丰富多彩的大自然,也会引起他们进一步探索大自然奥秘的兴趣。谁能预料,在千百万小读者中不会有人因此入了自然科学之门,成为未来发展祖国生物科研事业的接班人呢!"

郭风在写作中,把全部心思倾注于对小生灵小生命的描写之中,倾注于对大自然的描写之中,倾注于他所创造的文本之中。有论者认为,郭风这一时期的儿童散文,有一种博爱精神,一种对大自然对一切小生灵博爱的精神。

1957年,郭风的创作进入了高峰期,在党的"百花齐放,百家争鸣"方针的催动下,他以故乡的风土人情为写作素材,同时挚爱并欣赏祖国的大好山川,创作了一批优秀作品。1957年的《人民文学》在显著位置陆续推出了郭风的系列作品,他的引领之作《叶笛》更是影响深远。1959年,郭风的《叶笛》出版后,立即在全国产生了广泛影响,这部书也成为郭风创作生涯的一个里程碑,成为中国散文诗史上的一部具有开拓性、表达非凡的作品。

这一时期,郭风的儿童文学创作也达到了一个高峰,《人民文学》《少年文艺》《园地》等重要刊物陆续发表了他的许多儿童文学作品。他在努力为孩子们描绘梦幻中的情景,编织起童话中的世外桃源。

默默耕耘儿童文学

进入新时期,已步入晚年的郭风写的第一篇散文诗《松坊溪的冬天》便是写给孩子们的,郭风在题目的下方庄重地标下了"写给孩子们"。1979年1月21日上海的《文汇报》,几乎是用了一个版面,刊出郭风写给孩子们的这组漂亮的散文诗,作品发表后,引起了社会各界的广泛赞誉,许多孩子都在这时认识了郭风。孩子们纷纷给郭风写信,在信中说,"郭风爷爷,您的松坊溪是那么美丽又是那么神奇,您的语言是那么平实而又那么有吸引力。"

为了显示自己的诚意,为了让孩子们与自己一道去领略松坊溪的风光,郭风在发表了《松坊溪的冬天》之后,又以一个中学生的名义,发表了以《山村书简》为名的散文,向孩子们发出"邀请":"这里是南方的高山地带,有很多青色的松树,有很多桂树。请到我们村里来吧。请到松坊村做客。""四月,山上的花都开了。四月,山上的杜鹃花都开放了。有红的杜鹃花,有白的杜鹃花,有黄的杜鹃花。还有,在山坡上,在松树下,草兰在四月里也都开了。"郭风以邀请的方式,将孩子们引入他的描写,引入他的话语情境,引入他所创造的艺术境界。

这一时期,郭风还以松坊溪和松坊村为背景,创作了《溪边的草丛》《我听见纺车的声音》《我听见小提琴的声音》《月亮躲到云里去了……》《雏菊和蒲公英》《月亮》《村里有一棵银杏树》等深受少年儿童欢迎的作品,郭风还创作了童话诗力作《红菇们的旅行》和童话散文集《孙悟空在我们村里》。1983年,四川人民出版社为郭风出版散文选,在这本并非是儿童文学选本的《前言》中,郭风按捺不住地谈了自己忠诚儿童文学的心迹:

> 我想流露一点隐秘于心底的衷情:我,要是听见有同志称我为儿童文学作家,或赞我有志于儿童文学创作之道时,往往深感荣幸;心中正或生出一种儿时受母亲称赞一般的欢喜之情。真的有这种心情。我自己勉励自己,不要小视儿童文学作品,要多多为孩子们认真写出作品。我亦视温柔敦厚为美德。但凡有意贬损儿童文学者,我欲投以轻蔑。

郭风始终热爱儿童,可以说,他的青春和岁月、真诚与创造,大部分献给了孩子们。郭风创作的儿童文学作品极大地丰富了儿童文学的宝库,为儿童文学创作提供了宝贵经验。

郭风说,直到晚年,他才有了出游的机会。晚年,郭风走了不少地方,去了不少国家,不管是外出讲学还是率团访问,都为郭风晚年的创作拓宽了思路,极大地丰富了他的精神世界,成为宝贵的精神财富。他依然保持着一贯的风格,钟情于大自然,陆续写下了一批视野开阔、读者喜爱的散文作品,成为文坛一道靓丽的风景。

2010年,郭风走完了94个春秋,离开了人世。然而,这个用自己的心血喂养大了无数少年儿童的杰出作家,这个笔耕了七八十年仍自强不息、自谦不息的文坛长者,这个拥有童心与爱心的大自然之子永远活在人们心间。

鲁兵

愿做「孩子王」

鲁兵是著名儿童文学家,在中国儿童文学史上,鲁兵是一个传奇人物,因为他在儿童文学创作、理论、出版各个方面都做了极大的贡献,特别是在幼儿文学方面,鲁兵所做的努力和倡导,影响深远。鲁兵对孩子有一种天性的亲切感,对于孩子,他甘愿俯首,而对于生活中的丑恶与不平,他又深恶痛绝。面对现实人生,鲁兵用他"夜醒的眼睛"做深邃的观察。他把人生最可贵的生命,献给了儿童文学。

从爱诗到为孩子写作

鲁兵原名严光化,1924 年 5 月出生在浙江金华东南的澧浦乡琐园村。鲁兵 3 岁时就被母亲接到了外祖父家生活。从小,鲁兵就在融融诗教中成长。外祖父一家基本从事教职,而外太祖母、外祖父、姨母、母亲都爱读诗,外祖父和姨母还能写诗。鲁兵曾言:"诗,在我外祖父家,是生活的一个重要内容。"

让鲁兵印象最深的是外太祖母,她热爱诗文,床边总是放着几本线装的《随园诗话》,一有空闲就随手翻看,并轻声阅读。潜移默化中,小鲁兵感受到了诗的无限魅力。

外太祖母非常懂得因材施教,鲁兵有兴趣学习时,她就会挑选几首浅近的五言绝句,如孟浩然的《春晓》、李白的《静夜思》,一句一句地教鲁兵念。念的同时,外太祖母还不忘给鲁兵讲解其中的意思,虽然鲁兵并不全懂,但也还是被那诗的韵律渐渐陶醉。

1929年春,虚龄6岁的鲁兵去了母亲所任教的清波小学读书。念完初小,母亲给他转到了金中附小读书,在所有功课中,鲁兵对劳作课和图画课最感兴趣。

小学毕业后,大人担心鲁兵考不上中学,就让他到长山小学补习了一个学期功课。1936年春,鲁兵终于勉强考进了金华中学初中部。随着日寇侵略的深入,鲁兵的整个中学阶段都在漂泊中度过。战争的苦难坚定了鲁兵学习的信念,他立志好好学习为国家做贡献。

1942年,金华沦陷后,提前毕业的鲁兵极不情愿地回到了琐园老家。当时,浙江省内没有被敌人占领的地方,有些大学仍在坚持上课,鲁兵心想,与其在家里荒废,不如去报考大学?在征得母亲同意后,鲁兵开始了浪迹天涯的岁月。1944年夏天,鲁兵报考的浙江大学和英士大学都没有录取他,无奈之下,他只好回到母校金华中学复习功课,争取来年再考。在母校复习时,鲁兵与自己的老同学圣野重逢,这让他兴奋不已。

早在读中学时,鲁兵和圣野都对诗歌十分爱好,他们还与同学成立诗社,编印过《蒲风》的油印诗刊。重逢后,他们对诗歌的热爱重新被燃起,在复习的同时,他们共同编印了文学刊物《岑风》,这也为他们后来走上文学之路打下了基础。1945年暑假,鲁兵和圣野都被浙江大学录取。他们兴奋不已,在大学,鲁兵和圣野的视野开阔了,他们开始大量阅读经典著作并开始投入创作。

一次偶然的机会,鲁兵认识了在《中国儿童时报》任主编的金华同乡薛裕生,很快,鲁兵成了报纸的义务编辑,终于有了施展才华的阵地。薛先生热情邀请鲁兵多为报纸提供生动活泼的稿件,鲁兵高兴不已。作为试笔,鲁兵首先集中力量编译了几个剧本:二幕短剧《六只小麻雀》《小彼得万岁》《消瘦了的杰克》,接着又创作了独幕剧《爸爸的错》和《小跛子》,并用"冰儿"的笔名发表在报纸的文艺版上。

之后,鲁兵又以秋天、路灯、凉亭、蚯蚓、乌鸦等为题材,写了一些咏物寓意的小诗,为了引起小读者的兴趣,也为了让他们动点脑筋,鲁兵还在发表时隐去诗题,于是就成了"诗谜"。鲁兵乐此不疲为孩子写作,当这些咏物诗刊完结后,他又开始了童话创作。从此,鲁兵走上了为孩子写作的道路。

小朋友的大朋友

1949年前夕,鲁兵满怀激情投奔浙东的革命游击队,在枪林弹雨中,鲁兵始终童心未泯,坚持为孩子写作。在游击队里,鲁兵一边行军,一边编战地情报,他把自己写成从山上奔下来的很快活的一匹马。他又先后参加了进军大西南的战斗和抗美援朝,在又黑又湿的坑道里,鲁兵除了编写大量的坑道快板诗以外,还写了《朝鲜小姑娘》《十五发子弹》等战地故事,寄给国内的儿童报刊发表。

朝鲜回来后,他又想念起孩子们,于是向部队老首长打了申请报告,被获准到少年儿童出版社做起小朋友的大朋友。1956年,出版社领导研究决定,委派鲁兵主持《小朋友》的编务工作,并要求他努力刷新这个刊物的面貌。鲁兵仔细分析了原先的编辑方针并做了修订,最终确定为:"通过生动有趣的艺术形式,启发儿童智慧,增进儿童知识,培养儿童活泼、勇敢和乐观主义精神,从而达到共产主义教育的目的。"

鲁兵特别强调生动有趣四字。为了办好《小朋友》,他除了约请张乐平、特伟、黄永玉、黄胄等著名画家为刊物作画外,还选登齐白石、徐悲鸿、丰子恺等大师的作品。

为了孩子们能得到美的享受和陶冶,鲁兵还利用出差机会,搜寻具有民族风格和乡土气息的民间艺术,使天津杨柳青年画、无锡惠山泥人、色彩斑斓的京剧脸谱等出现于《小朋友》的封面、封底。

可惜好景不长。1957年11月,《小朋友》第21期上刊登了一组带有童话色彩的连环画,讲一个小女孩爱护小老鼠的趣事,竟被人在报上点名批评,由此引发起一场"老鼠风波"。鲁兵也因此被下派农村,不久又转往工厂,几起几落。然而,鲁兵面对挫折从未气馁,依旧坚持儿童文学创作。

自从主持《小朋友》以后,鲁兵的创作就基本上转向幼儿文学。1957年9月,他出版的《太阳公公起得早》就是一本幼儿诗歌集。在工厂期间,鲁兵以工业题材入诗,用小诗的形式介绍电机厂里的各个工种,待发表时,请画家加上插画,有文有画,给孩子们增加一点知识。他还用四行或六行的短小诗篇,分别写了气割、电焊、锻工、翻砂、行车、车工、刨工、钳工、冲床、锯工、电工、装配及漆工等14个工种,鲁兵用浅近的比喻,写得有趣有味,深受孩子们的喜爱。

在历经磨难的岁月里,鲁兵始终没有放弃创作,他对现实生活进行取材,以寓言的形式写下了许多夸张而不怪诞、虚幻而不失真的作品,给人留下了深刻、难忘的印象。

乐此不疲编写《365夜》

1978年元旦,少年儿童出版社重新挂牌,鲁兵被任命为低幼读物编辑室主任。一上任,他马上便投入紧张工作。鲁兵和编辑们深入到幼儿园,组织起全市的幼儿园教师创作学习班,进行耐心而艰苦的培训。

同时,针对稿源紧缺以及年轻父母不能满足孩子每天听故事要求的现状,鲁兵提出编辑一部大型幼儿故事集。他将编辑室的全体同志召集在一起谈自己的想法,大家一致认为要把编辑大型幼儿故事集作为编辑室的一项拳头产品。大家为这部书取什么名字而苦恼,又兴奋地说出了各种好听的名字。鲁兵回忆起自己的童年,在外祖父家的小院子里,听大姨妈和母亲讲故事的温情场景历历在目。他想,一年365夜,夜夜如此,将是如何幸福祥和的生活,不妨把这部书取名为《365夜》,既标明了它拥有的故事篇数,又渲染了它夜夜讲故事的温馨。

鲁兵的建议,得到了大家的一致认同。接着,大家又讨论这部书的凡例,总括来说,古今中外,各种题材,各种门类,力求收得比较完备。凡例订出后,大家齐心协力一选再选,最后从近千篇作品中,经过多次讨论,从主题、题材、取材角度、形式等各方面考虑,才选定了365篇。加工、编写是一项繁杂的工作,为了保证这部故事集的质量,鲁兵把自己关在家里,作封闭式的编写工作。鲁兵一篇篇地读,一篇篇地思考,遇有需要再创作的篇目,该做如何处理,更得重新构思。这样的加工、编写,实际上是一种再创作。

1980年10月,《365夜》上册终于出版,下册则于次年7月问世。作品一经问世,便受到了广大家长和孩子的热烈欢迎。短短几个月,出版社就收到了来自全国各地的3000多封信,读者在信中感谢出版社为年轻父母和低幼儿童做了一件好事。《365夜》给无数的家庭增添了乐趣。1981年,这部书就成为十大畅销书之一,到1987年上半年,印数已超出600万册。

鲁兵则在《365夜》出版后,打定主意,根据各方反馈的意见和建议,再作增删,重新修订,使之更趋完好。同时,鲁兵又主编了《365夜儿歌》《365夜谜语》。为此,修订版的《365夜》即改书名为《365夜故事》,这样,《365夜》就形成了一个系列。

鲁兵说:"《365夜》有了故事、儿歌、谜语3个集子,它们在一个家庭的书架上,只占小小的一个角落,但对孩子来说,却是一个宽广的天地。"

1986年2月,鲁兵当选为中国出版工作协会幼儿读物研究会会长,从那以后,他更是全身心投入到幼儿文学的创作之中。他也写出了许多出色的作品,比如影响最大的《下巴上的洞洞》和《小猪奴尼》,在幼儿教育中起了很大作用。

关注儿童文学理论研究

在为孩子写作的同时,鲁兵也关注儿童文学理论研究。早在1959年,鲁兵下放返回出版社工作时,任新建立的《儿童文学研究》编辑室副主任。当时,《儿童文学研究》是国内第一个儿童文学的理论刊物,刊物创刊后,并未设立编辑室,也无专职编辑。鲁兵在主持《小朋友》的编务之余,与另几位文学编辑热衷于此,也就兼职组稿并为之撰稿。

鲁兵的老同学蒋风记得,1959年,他出版了平生第一本儿童文学专著《中国儿童文学讲话》,鲁兵在第一时间撰写了一篇评论并发在《儿童文学研究》1959年第二辑上,他对《中国儿童文学讲话》作了较高评价,认为该书是我国儿童文学的"史略"。

20世纪60年代初,鲁兵提出了"儿童文学是教育儿童的文学"的论点,他对这一论点做了这样的概述:

> 至于儿童文学,应是以不同年龄阶段儿童为对象的文学,给予小读者们在思想、情感、知识、美感和语言多方面的良好影响,这就是教育。从这个角度来说:儿童文学是教育儿童的文学,可乎?

然而,正是因为鲁兵的这一论点,受到了学界的批评。1984年,文化部在石家庄召开了"全国儿童文学理论座谈会",在这次会上,鲁兵的"儿童文学是教育儿童的文学"受到了批评。但是,鲁兵并没有因此改变自己的观点。在1985年举行的"全国儿童文学理论研究规划会议"和1986年举行的"全国儿童文学创作会议"上,鲁兵依然坚持自己的观点。

到了新时期之后,儿童文学的教育性虽然受到一些年轻理论家的批判,但是,鲁兵非常坚定地坚持,认为儿童文学应该有教育性。儿童文学史上经常争论这个问题,鲁兵坦率地提出了自己的观点,而且坚持自己的观点。

1991年1月,鲁兵在自己的理论集《教育儿童的文学》后记中做了增补,谈及这一命题时,他对这些年来的争辩做了颇为实际的评价:

> 只强调儿童文学的教育性,而忽视儿童文学的审美作用,没有在理论上充分说明作品只有通过读者的审美过程才对读者发生潜移默化的教育作用,这是片面的。创作上的忽视艺术技巧、艺术感染,是其结果吧。近年有些同志在儿童文学的审美这一课题上做了有益的探索,就弥补了这种片面性所造成的缺陷。

此后,鲁兵依然关心着儿童文学理论研究方面的动态,仍然时发议论,说话也多率直。进入20世纪90年代之后,他先后发表过《说"尊重儿童"》《人类与大自然——迫切的主题》《儿童文学随笔》等文。

《新聊斋》的故事

晚年,鲁兵仍喜欢用寓言、杂文等文体写作,同时也写一些小说,这些小说长的不过两千余字,短的则两百来字;它与一般小说的差别是,情节甚为荒诞,狐虽未写,鬼却登场,所述种种,均为社会丑恶现象。鲁兵自己概述:"就其本质而言,还是杂文。所以我称之为:小说式的杂文,或:杂文式的小说。"

1991年2月,鲁兵将先后创作的17篇作品成集,以《丑学家奇遇记》为书名,交明天出版社出版。他在《我写杂文》中说:"这种形式,不过是借用于《聊斋志异》。嬉笑怒骂,实为孤愤之书。"

1993年1月上旬,鲁兵因类风湿性关节炎突发,住院治疗两个半月。这使他有充分的时间看书、思考,他决定直接仿效蒲松龄的笔法,用文言做笔记小说,以触及社会问题。

然而,他又担心起来,他担心这样的"新聊斋",编辑一关通得过吗? 报纸肯予以登载吗? 鲁兵这样想着,便决定先写一点略为有趣、略为平和的试试。

8月8日,他的第一篇"新聊斋"《阴阳先生》在《新民晚报》刊出。凭借着有趣的故事和生动的形象,作品一发表便吸引了不少读者。此后半年,鲁兵的"新聊斋"在晚报上偶有发表,虽然数量不多,但他初衷不改,遇到合适的材料,便加以构思,然后草拟初稿,再加以修改,至1994年,长长短短,共成51篇。

这些作品中,有鬼有狐,有神有人;有商界巨子,有学校教师;有财大气粗的暴发户,有艺术家;有挪用公款炒股的证券公司红马甲,有故作奇谈怪论以获"轰动效应"的评论家……人间万象,芸芸众生,在此多有各自表现。

1995年1月,北京《中华工商时报》连续刊登"新聊斋",不久,《天津日报》的同志看到,很感兴趣,请鲁兵自己译成白话,以介绍更多读者。鲁兵家乡金华的《婺星》杂志编辑史克、朱佩丽看到后,也专门去函索稿,此后,"新聊斋"便陆续在《婺星》发表。

蒋风对鲁兵的新作非常喜欢,他看完后说:"一直读到深夜,欲罢不能,读得津津有味,也与当年读《聊斋志异》一样使我迷醉,读后有如嚼过橄榄,回味无穷。"

蒋风后来还专门写信给鲁兵,称赞他的"新聊斋",他还专门撰写了《无不涉笔成趣——读鲁兵的<新聊斋>》一文。

鲁兵收到蒋风的信后,提笔给老同学回信,他在信中颇诉其苦:

> 我则老弱病残集于一身,眼疾已廿五年,近来视力更衰,近于盲矣。"新聊斋"这些小作品,大多在北京《中华工商时报》发表;承史克、朱佩丽同志支持,能在《婺星》刊出,也可说是与故乡朋友的交流。《婺星》尚可发一期(七篇),到此为止了。七十多岁开始写"聊斋",太迟了,如果五十岁开始写,大概可略有积蓄。

因为视力衰退,从1995年始,鲁兵就无力继续写了。但这51篇"新聊斋",虽仿聊斋笔法,却深刻反映了当今社会生活的某些侧面,也正因为此,作品曾一度引起各地读者的关注和欣赏。正如鲁兵在小说中所言:"作品发光发热,即使如流星一闪,亦足自慰。"

2006年1月5日,鲁兵先生在上海逝世,享年82岁。这位快乐调皮,爱逗爱笑,一生为孩子们写作的儿童文学家离开了我们,但是,他留下的数以万计的儿童文学作品成了一代又一代孩子们的精神食粮。

任溶溶,著名儿童文学家、翻译家,后辈眼中"最好相处的最好的老头"。他写过《没头脑与不高兴》,翻译过《安徒生童话全集》《木偶奇遇记》《夏洛的网》《查理和巧克力工厂》《精灵鼠小弟》……他的作品先后荣获国际图书读物联盟翻译奖、亚洲儿童文学奖、全国优秀儿童文学奖等奖项。

如今,他96岁了,隔三岔五,读者们还能从报纸上读到他的"豆腐块"文章。人们看到他便觉得老年并不可怕。他说,"我的工作是给小朋友写书,这个工作太有意思了,万一我返老还童,再活一次,我还是想做这个工作。"

从热爱阅读走上文学翻译道路

任溶溶,原名任根鎏,祖籍广东鹤山,1923年5月19日出生于上海虹口闵行路。父亲非常重视子女的教育,任溶溶4岁时,被送进私塾读书,不过"开学"向孔夫子和老师叩礼后,任溶溶就逃学回家了。5岁时,任溶溶随父母从上海回到广东老家。当时,广州的小学教育正处于新旧学制交替的时期,父亲认为私塾识字多,于是,再次把任溶溶送进了私塾读书。在读了几年私塾后,父亲把他送进新式学校读书。

任溶溶从小聪慧,学习也特别认真,在没有识字之前,他就看了大量的连环画。到新式学校后,课程压力小,任溶溶就把大量的课余时间用于阅读。一开始,他热衷于阅读古典章回体小说,最爱读的是《济公传》,还偷偷学着写《济公传》的续集。后来,任溶溶在学校图书馆接触到了"五四"以后的新文学作品,他被这些作品吸引了,特别是对商务印书馆出版的小学生文库中的儿童文学作品爱不释手。学校规定的午睡时间,他总是坐在图书馆贪婪地阅读。到了周末,他就跑到书店集中的地方,看看有没有新书。大量的阅读让任溶溶获得了新知,也开阔了眼界。

1937年夏天,任溶溶小学毕业后不久,七七事变爆发,受战争影响,他随父母开启了辗转于广州、上海两座城市之间的避难岁月。逃难上海后,任溶溶进的第一所中学是广东人办的岭南中学,因为是临时性的学校,一个学期后,任溶溶离开了岭南中学。1938年秋天,任溶溶进入雷德士工学院初中部学习,在这里,他全身心地投入学习,各门功课都学得非常扎实,特别是英语,这为他后来从事文学翻译工作打下了坚实的基础。

在校期间,任溶溶受到进步思想的影响,作为一个有思想、有情怀的少年,他表现出了极高的政治热情。1940年10月的一个晚上,还在读初三的任溶溶决定和两个同学一起离家去苏北参加新四军。出发那天，为了防止被家里人找到，任溶溶还为自己改了个名字叫"史以奇"。这次行动是后来成为国家出版局副局长的王益带他们去的，他说："姓别改啦，就叫任以奇吧。"

那天一大早，任溶溶把书包放到同学家里，晚上到外滩坐船，第二天一早就到了苏北。躲过日军岗哨的巡查后，任溶溶一行直奔苏北新四军总部所在的海安。在那里，任溶溶待了半年，虽然他只是一个中学生，但在当时已经算是知识分子了，他在部队教唱歌，布置俱乐部，编辑《战士报》，宣传新四军思想。半年之后，因为生病，任溶溶回到上海。病愈后，他没有重返部队，而是留在上海从事地下党领导的新文字改革工作，帮助编《语文丛刊》。

1942年，根据地下党的安排，任溶溶进入大夏大学中国文学系读书。在大夏大学，任溶溶阅读了大量的文学、哲学著作，文学素养得到了进一步的提升。不仅如此，他还学习了俄文。1945年，任溶溶从大夏大学毕业做了短时间的雇员和事务员后，开始从事翻译工作。1946年1月1日，他翻译的第一篇儿童文学作品刊登在《新文学》杂志创刊号上，是土耳其作家写的儿童小说《粘土做成的炸肉片》。第一篇译作只是碰巧是个儿童文学作品，没想到的是，从此，任溶溶真的与儿童文学结下了不解之缘。

从翻译到创作

一开始，任溶溶主要翻译美国文学作品，一个偶然的机会。任溶溶一位在上海儿童书局编辑《儿童故事》杂志的大学同学，得知他在做翻译工作，希望他每期至少为杂志译一篇文章。任溶溶就到外滩别发洋行找资料,看到许多迪士尼的图书,他太喜欢了,便一篇接着一篇翻译。除了向《儿童故事》供稿,他还自译、自编、自己设计,自费出版了十多本儿童读物,如《小鹿斑比》《小熊邦果》《小飞象》《小兔顿拍》《彼得和狼》等,都译自迪士尼的英文原著。

任溶溶的翻译工作,还得到了中共地下党办的时代出版社的支持。时代出版社专门出版苏联作品,任溶溶学过俄文,且和社里的一些同志熟识,便跟他们讲了翻译苏联儿童文学作品的打算。出版社非常支持,任溶溶译一本,他们就出一本。

有意思的一件事是,在刚从事儿童文学创作之初,他经常需要用到笔名,那时恰逢女儿出生,喜不自禁的任溶溶索性将女儿的名字拿来自用。随着署名任溶溶的儿童文学作品越来越多,"任溶溶"成了他和女儿共有的名字。

新中国成立后,任溶溶继续做着翻译工作,乘着国家大力提倡和扶植外国儿童文学作品的翻译之东风,1950年,新华书店华东总分店(后来的华东人民出版社)的儿童读物《苏联儿童文艺丛刊》创刊,任溶溶负责编辑工作,后来,他还担任了华东总分店出版的《文化学习》杂志的特约编辑。1952年,少年儿童出版社成立,任溶溶成为少年儿童出版社译文科科长,后任编辑部副主任、编审。他一心扑在翻译事业上,潜心钻研,勤奋笔耕,取得了令人瞩目的成绩。

从1949年至1963年,任溶溶发表各种译著三四十部,其中他翻译最多的是苏联儿童文学作品,包括马雅可夫斯基和马尔夏克的儿童诗、阿·托尔斯泰的《俄罗斯民间故事》、伊林娜的《古丽雅的道路》、科诺诺夫的《列宁的故事》等。同时,任溶溶还翻译了欧美作家的许多经典作品,如意大利作家罗大里的长篇童话《洋葱头历险记》，美国作家哈里斯的小说《列麦斯叔叔的故事》等。这些作品深受小读者欢迎，一版再版。

长期翻译儿童文学作品，对任溶溶来说也是一个学习的过程。他在《我叫任溶溶，我又不叫任溶溶》一文中写道：

> 我一直翻译人家的东西，有时感到很不满足，觉得自己也有话要说，有时一面翻译，一面还对原作有意见，心想，要是让我写，我一定换一种写法，保管孩子们更喜欢。特别是译儿童诗，又要符合原意，又要符合整首译诗的音节数和押韵等，极花心思，说不定比作者写一首诗花的时间还多，不由得就想干脆自己写诗。

于是，他用小本子记下生活中生动的故事并尝试自己创作。谈起创作儿童诗，他说："根据我的经验，诗的巧妙构思不是外加的，得在生活中善于捕捉那些巧妙的、可以入诗的东西，这些写下来就可以成为巧妙的诗，否则苦思冥想也无济于事。"

有一次，任溶溶去参观工厂，工厂里有许多大烟囱，在大烟囱中间，任溶溶忽然看到一个最小的烟囱，那里是烧水房。任溶溶想到通过这个小烟囱去歌颂烧水工人的平凡劳动。可是，他怎么也想不出一个好结尾。后来，他看到报上报道一位烧水工人爬高，把开水送给不肯下来喝水的高空作业工人。他觉得，烧水工人拿着开水像杂技演员那样爬高，挺奇的。这启发他解决了诗的结尾问题。正是凭借着对生活的无限热爱与思考，任溶溶创作了《我的哥哥聪明透顶》《爸爸的老师》等一大批儿童诗。

同时，任溶溶还尝试童话创作，他创作的《没头脑和不高兴》，处处充满了让人发笑的"包袱"，其中那个"没头脑"就是他以自己为原型创作的。任溶溶把夸张手法运用到了极高的水准，每个孩子看完他的作品都能从中找到自己的影子。继《没头脑和不高兴》之后，任溶溶发表了第二篇童话《一个天才的杂技演员》，同样幽默的风格受到了孩子们的热捧。

20世纪六七十年代，任溶溶的《没头脑和不高兴》与《一个天才的杂技演员》由上海美术电影制片厂拍成动画片和木偶片，影响更为广泛。这两部片子与《神笔马良》《大闹天宫》《小蝌蚪找妈妈》《小猫钓鱼》《鲤鱼跳龙门》等一起，成为中国儿童美术片的经典。

在新时期迎来双高峰

进入新时期，任溶溶的儿童文学创作和翻译都迎来了新的高峰。1978年10月，"全国少年儿童读物出版工作座谈会"在江西庐山召开，任溶溶应邀参加会议。会议号召广大儿童文学工作者拿起笔来，破除书荒，为广大少年儿童提供更多更好的精神食粮。任溶溶深受鼓舞，决心在从事《外国文艺》编译工作之余，再给自己加上一副业余翻译外国儿童文学作品和进行儿童文学创作的担子。

1978年10月24日凌晨，他在参加完会议返程上海的火车上，有感于刚刚结束的这次具有历史意义的会议，构思出一首诗，当晚就写了出来。这首诗后来在《儿童时代》1978年第9期发表，题目是《给巨人写书，我报名》。

此后，任溶溶更是一发不可收，创作了一系列优秀的儿童文学作品。1992年，上海少年儿童出版社在隆重庆祝成立40周年之际，出版了一套大型丛书。任溶溶的《给我的巨人朋友》就是其中的一本，该书共35万字，收录了任溶溶从20世纪五六十年代到新时期业余创作的诗歌、童话、散文等96篇作品。其中创作于20世纪五六十年代的31篇，约7万字。创作于新时期的儿童诗、童话、儿童散文等65篇，约27万字。从篇目数上看，任溶溶新时期创作远超此前。

任溶溶的翻译生涯也在此时迎来了高峰。他最满意的是翻译了《木偶奇遇记》，这本书的译本虽然不止一个，但是，任溶溶是第一个从意大利文直接翻译这本书的人，而他的意大利语是在"牛棚"里学的。

因为太喜欢长着长鼻子的匹诺曹，任溶溶很早就准备了学习意大利语的资料，外文书店当时订出的两本英意字典，一本是巴金先生的，另一本就是任溶溶的。他把生字和语法规则抄在薄纸上，白天在"牛棚"里背，晚上则捧着意大利文版的《毛主席语录》和《人民画报》看，就这样学会了意大利语。

任溶溶曾在1979年5月2日写的一篇散文《我的"奇遇"记》一文中，详细地谈了自己从自学意大利文到翻译《木偶奇遇记》的前前后后，他将学意大利文称为他的"奇遇"。任溶溶翻译的《木偶奇遇记》1980年5月由外国文学出版社出版。首次印刷就达25万册，后又多次重印，受到广泛的好评。

除了《木偶奇遇记》，任溶溶还翻译了意大利另一位著名儿童文学作家罗大里和瑞典儿童文学作家林格伦的一系列作品，以及其他欧美等国作家的经典作品。译完《夏洛的网》，任溶溶已80岁了,退休后被上海译文出版社返聘的他真正地退了,他说:"太老了,实在不好意思了。"然而,在此之前任溶溶刚完成了一个大任务——重译《安徒生童话全集》。

任溶溶其实没想过会去翻译安徒生的童话全集,因为中国已经有很多很好的译本。但他终究拗不过出版社,决定翻译一个新的版本。如何使自己的译本更上一层楼,任溶溶动足了脑筋。翻译时,他尽量用口语,像翻译民间故事一样翻译,目的就是尽量让小孩子看懂。这套全集1996年出版后广受读者好评,一再重印。

2004年2月,作为安徒生诞生200周年庆典活动最重要的项目之一,丹麦官方授权任溶溶翻译新版《安徒生童话全集》。任溶溶花一年多时间对自己近百万字的《安徒生童话全集》译稿进行了全面修订和增补,于2005年完成了唯一的官方授权中文版本。丹麦驻华大使米磊先生见到任译安徒生童话后,赞不绝口,称之为"高品质翻译"。

翻译之笔,如同一支魔法杖,让他引来了好心眼儿巨人、结识了温妮女巫、吸引了精灵鼠小弟、带回了匹诺曹……

看到他就觉得老年不可怕

从1946年发表第一篇儿童小说译作《粘土做的炸肉片》开始,任溶溶就像老黄牛一样,在儿童文学这块土地上笔耕不辍。如今,90多岁的任溶溶依然在他的书桌前耕耘,几年来,时有新作见诸《新民晚报》《文汇报》《文学报》等报端。

著名儿童文学作家秦文君曾去任溶溶家看望他,家里1.5米的床上，有一半堆着书，她说："每每看到任老的文章，总是会心一笑。任老颠覆了我对老年的印象，看到他就觉得老年不可怕。"

有一年，秦文君与任溶溶一起去外地开会，散会后任溶溶表示要去一家进口超市逛逛。"进口超市卖的都是些外国零食，您也喜欢？"任溶溶回答，"我翻译的外国儿童文学作品中常常提到各种零食，我要去尝尝，才知道它们是什么滋味。"

在秦文君看来，任老身上有随和与追求完美的结合，他思想活泼、阳光，保留着纯真的童心。他跨越了生活的沧桑，作品读来轻松而明亮，"就像一面大旗在前，有任老在，大家就很心安，跟着他更好地写作吧！"

最近几年任溶溶行动不便，几乎谢绝了所有访客，有时甚至要24小时戴着呼吸机。他曾说，香烟就是他的情人，晚上点一支烟写作是他的习惯。如今，烟早已戒了，但写作没戒。几乎每个礼拜，《新民晚报》编辑殷健灵都能收到他两三篇小文章。殷健灵说，短文其实尤其难写，而任溶溶交来的文稿几乎不用也不能删改任何一句话。每次来稿，他还总是附上一封手写的信……

任溶溶95岁那年，浙江少儿出版社出版了他的五卷本散文集《给小朋友和大朋友的书》，展示了他的童心源头、创作密码、人生履历。2017年上海书展开幕前一天，上海儿童文学界、翻译界人士聚集在文艺会堂，一起品读。任溶溶为人低调，他郑重写信表示"不要为我办研讨会，在我心里，小读者的喜欢就是最高的奖赏"。

品读会上，任溶溶没有出现，一块红宝石蛋糕、一杯咖啡，是他嘱咐给自己的大朋友、小朋友准备的。2017年5月19日，任溶溶95岁生日当天，他在录制的视频里这样回忆："我走了很长的路，经历过很多事，参加过新四军，打过日本鬼子，后来从事儿童文学事业，一辈子都在为小朋友做事情。写作是我最爱做的事，我翻译的许多外国文学作品给小朋友带来快乐，也给中国儿童文学带来借鉴。后来，我学了一些诗歌、儿童诗，改革开放以后，我又写了一些散文。"视频最后，任溶溶朗读了自己的小诗《没有不好玩的时候》：

一个人玩，很好！
独自一个，静悄悄的，
正好用纸折船，折马……
踢毽子，跳绳，搭积木，
当然还有看书，画画……

两个人玩，很好！
讲故事得有人听才行，
你讲我听，我讲你听。
还有下棋，打乒乓，坐跷跷板，
一个人也不能掰手劲。

三个人玩，很好！
讲故事多个人听更有劲，
你讲我们听，我讲你们听。
轮流着两个人甩绳子，
一个人一起一落地跳绳子。

四个人玩，很好！

五个人玩，很好！

许多人玩，很好！

人多，什么游戏都能玩，

拔河，老鹰捉小鸡，

打排球，打篮球，踢足球，

连开运动会也可以。

这首小诗更名为《怎么都快乐》入选了人教版小学语文教材一年级下册。"没有什么不好玩的。"或许，这就是任溶溶的人生信念，在他的肚子里，都是好玩的故事。他白发苍苍，却童心不泯。他对写作，对生活，对儿童文学事业，对自己的大朋友和小朋友们，始终保持着极大的热情，传达着轻松与明亮。

九十八载年华，一生"从来没有离开过小朋友"。任溶溶在儿童文学的世界中呼朋唤友，将一个个妙趣横生的儿童文学人物带领到中国孩子面前。名利于他，只是翻译之路上的最不起眼的副产品。最让他满足的，是可与异国作家联手，共同为千千万万中国孩子勾勒出这个世界本该有的快乐与美好。

任溶溶曾说过："我的一生就是个童话。"当人们向老人询问这句话的含义时，他并没有多解释，只是说，"人的一生总会碰到各种各样的机缘，这是不是像一个童话呢？"

洪汛涛

「神笔马良」的点睛之笔

　　洪汛涛是我国著名儿童文学作家,也是卓越的儿童文学理论家、教育家。在中国儿童文学史上,他是一座不朽的丰碑。他一生创作了500多万字的文学作品,体裁涵盖文学的各个门类,他的童话《神笔马良》更是影响深远,深受国际国内少年儿童的热爱。

　　洪汛涛始终奉行的信条:"作家=作品+作品+作品……而不是其他"。他以"儿孙应有儿孙福、乐为儿孙作马牛"为座右铭,希望上一代人多为下一代人着想,希望人类一代比一代进步、幸福。带着这些主张,洪汛涛勤勤恳恳、废寝忘食地为孩子们写作。

从热爱阅读走向为孩子写作

　　洪汛涛1928年出生于浙江浦江一个贫寒的家庭。洪汛涛的父亲离家在外,常年不归,家中的一切都靠母亲一人操持。她养蚕、替别人做针线、糊纸盒,赚取外快贴补家用。童年时代的洪汛涛,大部分岁月是在外祖父家度过。外祖父经营着一个小小的报刊亭，靠给订户分送报纸为生计。从小，洪汛涛与报刊结下了不解之缘，报纸也成了他最早的启蒙读物。五六岁时，洪汛涛对图画、文字产生了浓厚的兴趣，一份报纸就可以让他饶有兴味地看上半天。渐渐地，报纸上的文字可以看懂了，聪颖过人的洪汛涛通过自学迈出了走向文学道路的第一步。

随着年龄的增长，洪汛涛从读报爱上了读书，当时，外祖父的报刊亭有时会收到各书局为推销书籍而寄来的图书目录，洪汛涛从偶然到手的《图书目录》中，知道了世界上有专门为孩子们写书的作家，有专门为孩子们出版的儿童读物。因为没有钱买书，洪汛涛只能一遍一遍地读那些图书目录。也因此，在洪汛涛的脑海里，他已经记住了像安徒生、贝洛尔、王尔德、格林兄弟、史蒂文生这样一些令人神往的名字，在想象中翻腾着《一千零一夜》《伊索寓言》《大人国游记》《小人国游记》《鲁滨孙漂流记》《爱丽思漫游奇境记》这样一些富有魅力的书名。但这些都只是幻觉，在洪汛涛眼前成了可望而不可即的东西。连当时我国出版界专为中国孩子提供的《稻草人》《寄小读者》《儿童世界》《小朋友》这样一些印刷粗陋的书刊，一个穷乡僻壤的穷孩子也很难得到。于是，洪汛涛只得和小伙伴们用自己的小手"办提纸"编报，用自己的小手"办书局"出书，用来满足处于萌芽状态的求知欲。童年时代这种近似游戏性质的活动，成了他一种美好的向往。

1935年春，洪汛涛进入浦阳小学（现已更名为"马良小学"）读书。当时，这所县立中心小学有一个简陋的图书室，这间简陋的图书室，成了洪汛涛最着迷的处所。那柜子里破破烂烂的旧书，不到一个学期,就全被他阅读过了。他成了小书迷,到处借书看。当他小学毕业前,已把《西游记》《水浒传》《三国演义》《封神演义》《精忠岳传》《镜花缘》《今古奇观》《儒林外史》等古典小说都读过了。尽管这些不是儿童读物,但也扩大了洪汛涛的视野,启迪了他的心智,丰富了他对生活的认识。就这样,书成了他最好的启蒙老师,引导他爱上了文学。

安稳上学的日子没过几年,抗日战争便打响了。贫困的生活际遇,动乱的战争岁月,迫使洪汛涛失去了按部就班完成小学、中学基础教育的机会。在漫长的抗日战争烽火中,他的家乡沦陷了。战争的浪潮把他推进了社会大学,他在艰困的生活中开始学习写作。他说:"我这个人,从来兴趣就是多方面的。年轻时,爱好文学外,还学过画,刻过章,练过书法,也弄过音乐;对我好像什么都有吸引力,都想试试。"后来,他自己认为"就算专搞文学了,也是小说、散文、诗、剧本、杂文都写。"

在学习中长智慧,在积累中长才干,刚进入青年期的洪汛涛,已经显示出他文学上的才华。1948年7月,洪汛涛出版了处女作诗集《天灯在看你》(青年作家月刊社),之后,又在活力出版社出版了第二部诗集《尸骸的路》。在写诗的同时,洪汛涛开始为孩子们写作,在《新少年报》上发表作品。

儿童文学创作硕果累累

中华人民共和国成立后,洋溢着青春活力的洪汛涛,积极投身革命队伍。他在上海市军管会文艺处工作的同时,仍孜孜不倦地从事业余创作,出版了短篇集《和平的乡村》(通联书店,1952年)。少年儿童出版社成立后,洪汛涛被调去任编辑。这一工作上的变动,让他专门为孩子写作提供了机会。从此,洪汛涛开始进入儿童文学领域。

一开始,洪汛涛各种样式的体裁都尝试。后来,他就集中写童话和小说,并出版了儿童小说集《蛇医传》《一幅插图》《紧急任务》等,童话集《神笔马良》《十兄弟》《夜明珠》《三个运动员》《鱼宝贝》《望夫石》《不灭的灯》《半半的半个童话》等。其中不少佳作,被选入各种选集,并被译成外文,受到国内外小读者的热烈欢迎。

尤其是《神笔马良》,这个富于幻想,带有传奇色彩,具有鲜明民族风格的神奇故事,经过了漫长岁月的淘洗后,通过不同文化背景下读者的检验和认可流传了下来。《神笔马良》篇幅不长,故事也并不复杂,但有着永久的耐读魅力。尽管《神笔马良》的人物形象是"古代"的,传奇性的,但依然可以给小读者以现实的教益。马良勤奋、好学、机智、勇敢、富有正义感的这一人物形象,更成为中国少年儿童的典型代表和广大少年儿童学习的榜样。

2009年,中国作家协会和《中华读书报》联合,首次全面总结新中国60年儿童文学的发展状况,推荐了60部经典书目,《神笔马良》榜上有名。《60年60部经典作品小传》中指出:"在中国现代儿童文学史上,《神笔马良》几乎创造了一个'神话',国内家喻户晓、妇孺皆知;国际广泛赞誉、实至名归。"

根据《神笔马良》改编的电影《神笔》先后荣获5个国际大奖,国内获文化部编剧一等金质奖章,是新中国第一部参加国际电影比赛的儿童片,也是百年中国电影在国际上获奖最多的影片之一。

至今,各种版本的《神笔马良》在海内外不断出版,它激励和陶冶一代代读者,为一代代读者带来真善美,带来了为争取美好明天的信心和力量。

进入新时期后,洪汛涛又先后发表和出版了《夹竹桃》《破缸记》《狼毫笔的来历》《天鸟的孩子们》《神笔马良传》等数十篇(部)新作。这些作品继续保持了他富有民族特色的淳厚艺术风格,较之早期作品更加贴近生活,更富时代感和现代感。

其中,《狼毫笔的来历》是他的代表性作品,荣获中国作协首届全国优秀儿童文学奖。作品的主角"黄鼠狼"不是传统故事中令人讨厌的偷鸡者,而是一位忠心耿耿为人类服务的正面人物。除了着力塑造黄鼠狼的童话形象外,作品还以传神的笔触写了众多各具性格特征的山猫、灵猫、家猫、猫头鹰、老鹰、狼、山獾、蜜狗、狐狸、老母鸡等童话人物。洪汛涛以其出奇的想象和幻想,编制的这些精彩的童话故事,让读者联想到了现实生活中的种种人和事,发人深思。

致力于儿童文学理论研究

在写作童话的同时,洪汛涛还进行童话研究、创办童话刊物、选编童话丛书。他担任过文化部"儿童文学讲习班"讲师,倡议举办了一次次儿童文学理论研讨会,出席全国各地的座谈会、研究会、年会等,讲童话的理论问题,受到了普遍好评,反响热烈。

洪汛涛曾任上海作家协会第四届至第六届理事,儿童文学委员会委员,中国儿童文学研究会常务理事。他曾参加主持全国和地方评奖工作,为建设童话理论、扶植童话新人、繁荣童话创作、振兴童话事业做出了积极贡献。他结合多年儿童文学创作实践,撰写了散文诗体的儿童文学理论3万多字,编成《儿童·文学·作家》由河南少年儿童出版社出版,受到各界重视。洪汛涛自己也很高兴:"也想不到这本书出版后,竟受到各界的瞩目,一下子初版售完了。"他的理论立论大胆,针对实际,夹叙夹议,为后来的童话研究开辟了一条崭新的道路。

保持着一贯严谨、认真的态度,洪汛涛搜集能找到的童话界作品和理论作品,细细研读并记下大量心得体会,逐渐摸索出童话文体的脉搏,呕心沥血,"面壁三年",三易其稿,终于写就了41万字的理论巨著《童话学》,并由安徽少年儿童出版社出版。这部书有着充实的内容和丰富的资料。例如:论、史、评这3个部分,占着全书六分之五的篇幅,而支撑着这3部分的,就是大量珍贵的史料,以及论述和介绍中外古今著名的作家和作品。这是新中国成立后的第一部童话理论专著,全书包括童话的基本理论、童话的发展史、童话的作家作品、童话的继承更新四编,较为系统、全面地阐述了童话学的诸种问题。《童话学》的出版,填补了世界文学的空白,可以说是中国童话界的一个壮举,表明童话发展进入了一个全新阶段,对繁荣童话创作起到积极的促进作用。后来,《童话学》获得全国首届儿童文学理论专著奖。

随着对童话研究的深入,有些问题在《童话学》尚未涉及或过于简略,洪汛涛又想进一步详细阐述,于是又有了《童话艺术思考》(希望出版社)这本书。洪汛涛说:"这本《童话艺术思考》,也许可把它当作《童话学》的一种续本和释本。"作为该书代序的"洪汛涛论童话"，由200条短论组成，语言精练隽永，内涵丰富深刻，包括了童话内涵和外延，反映了童话的广度和深度。洪汛涛把读者来信、字条以及来访记录，根据复信底稿、回答问题的录音，加以整理改写出25篇文字，涉及读者关心的许多童话问题，从童话命名到童话阅读，到童话写作，再到童话普及，采用问答式的写作方法，加上散文笔法，为读者解惑答疑。洪汛涛以其一生实践了他的诺言："我将倾注我的全部精力和时间，为童话而工作。"

不辞辛劳推动童话教育

洪汛涛一生热爱儿童，在推动童话教育的实践中，他更是不辞辛劳，跑遍了大半个中国，走进学校、走进课堂，指导一些学校从"童话阅读"基础普及工作做起，一步一个脚印，发展到"童话引路""童话先导"的教改科研项目上来。提倡孩子自己写童话，让童话进入课堂，进入他们的学习和家庭生活，为实现"童话育人"的目标而不懈努力。

洪汛涛长期对口指导的学校，有湖南箭道坪小学、浙江浦阳镇一小、杭州游泳巷小学、上海市实验学校、上海朱家角中心小学、龚路镇小学、临平路小学、苏州胥口中心小学，苏北靖海小学，合肥望江路小学，北京景山学校海口分校等。

1987年、1988年两年，洪汛涛远赴湘西，指导箭道坪小学"童话引路"教学实验，创办和举行了"全国少年儿童金凤凰童话写作大赛"，他任主评，为100篇获奖作品逐篇撰写评语，以《中国孩子写的童话·金凤凰》的书名出版，行销海内外。

　　对家乡孩子的培养与关爱,洪汛涛同样倾注了全部心血。《少年儿童故事报》从1985年元旦创刊后,便开展了诸如"童话夏令营""未来作家大奖赛"等各种有益于孩子思想品德与写作水平的活动。不论是炎夏还是寒冬,只要报社来函邀请,他都会热情前往参加。

　　1992年5月初,洪汛涛回到了他读书和工作过的母校浦阳一小,勉励孩子们用手中的笔写童话。在洪汛涛的激励和指导下,浦阳一小成立了"马良文学社",并创办了社刊《太阳花》。1995年,"马良文学社"挑选了80篇佳作汇编成童话集《我们都有一枝神笔(浦江孩子的童话)》。洪汛涛仔细地阅读了全部作品,并写了题为《浦江孩子写童话赞》的序言。他多次回到母校看望孩子们,当2000年"马良文学社"又编印第二本童话集《我们都有一枝神笔》时,他再次为之作序。在序中,他肯定了孩子们的成绩,也肯定了母校童话教学的成功。

　　受到浦阳一小的启发,杭州市下城区游泳巷小学稍后不久即从全面落实素质教育着眼、开发学生智力入手进行了童话教育,在取得一定成绩的基础上,于1995年12月15日成立了"马良童话社",并聘请洪汛涛担任顾问。此后的5年中,他先后4次专程前往杭州,来到游泳巷小学指导童话社制订计划,开展活动,给童话社社员讲童话创作课,具体指点孩子们读童话,创作童话,修改童话。召开座谈会倾听孩子们的心声,解答孩子们的问题,让孩子们从多种多样、丰富多彩的活动中获取童话的营养。"马良童话社"的孩子们5年中创作了约3000篇童话,出版了《我们都是马良》童话专辑5本。洪汛涛不但为之题写了书名,还为4本专辑写了序。

可以说,洪汛涛是中国童话教育的开拓者、童话阅读推广的先行者、书香校园的最早点灯人。他的童话教育理念,对今天的教育改革,依然有着重要的现实意义和指导作用。

不遗余力促进两岸文学交流

怀着对儿童文学的热爱,除了童话与理论的写作,洪汛涛开始考虑如何展开同中国香港、中国台湾儿童文学界的联系。由此,洪汛涛率先打开了大陆与台湾地区文学界交流之门。

1983年,为了写作《童话学》,洪汛涛大量阅读童话作品,边阅读边编选,编成了中国第一本《中国童话界·低幼童话选》,计收100篇作品,其中3篇是台湾童话。他在书的"序言"中,写下了发于内心深处的愿望:"台湾是我们中国领土的一部分,台湾的童话,自然也是中国的童话,台湾的童话作家,自然也是中国的童话作家。愿这次选编,是一次童话的沟通,希望能看到更多精彩的台湾童话作家的新作品"。他在稍后编定的《中国童话界·新时期童话选》"序言"中,首次作出了两岸文学交流的呼吁:"我们多么希望和港澳的、台湾的童话作家们,围聚着一个桌子,交流童话创作实践的心得体会,一起探讨童话创作艺术上的种种有关问题。愿这一天,尽快来到"。

随着时间的推移,洪汛涛从香港友人处得知,台湾文学界朋友于1985年成立了"儿童文学学会"。有了这样的确信,他想,不妨直接同他们联系,请他们提供作品,以编辑一本台湾儿童作品集。之后,洪汛涛和安徽少儿社的编辑就开始与台湾方面写信联系,1986

年秋天,洪汛涛把信寄到香港友人处,再转寄台湾儿童文学学会,但是没有得到台湾方面的反应。尽管如此,洪汛涛依然一面耐心地等待,一面继续坚持不懈地向大陆读者介绍台湾同胞的作品。这桩事情也引起了台湾文学界的关切,特别是他这样热情,这样多次联系,很令他们感动。于是,在香港友人的帮助下,终于有许多台湾作家同洪汛涛有了信件交往,彼此真诚相待,友谊随之建立。

随着两岸关系的日渐改善,交流热潮也不断加温。1988年9月,台湾作家林焕彰等发起成立"大陆儿童文学研究会"。《人民日报》等媒体先后做了报道。随即,洪汛涛在上海成立了"台湾儿童文学研究会"。1989年8月,洪汛涛促成了台湾第一个作家代表团访问大陆。用作家樊发稼的话来形容:"这次的'破冰之旅',即是由洪汛涛先生积极联系所促成的。"

从此,海峡两岸文学界互访不断,进入了一个崭新的时期。1994年5月,洪汛涛和大陆作家首访台湾,与台湾文学界面对面深入探讨有关创作和理论上的问题。对于这次台湾之行,樊发稼有一段归纳,表达了大家的共识:"我们此次访问台湾并参加学术研讨会,不仅对于促进儿童文学的两岸交流和合作有着积极的意义,而且对于海峡两岸整个文化层面的沟通、接触和交流,都会产生良好的影响。"金波更以他诗人的深情言道:"访台的收获,固然有学术的交流,有环岛旅行的快乐,但骨肉同胞的亲情却是更为绵长持久的。"

台湾"儿童文学学会"理事长林焕彰曾说:"洪汛涛先生是两岸儿童文学交流的先驱,也是成功的造桥者。"为了表彰洪汛涛的突出贡献,台湾杨唤儿童文学奖第一届评奖赠予他"特殊贡献奖"。

同时,洪汛涛也做了大量的世界华文文学的开拓和建设性工作。

1990年5月,洪汛涛在长沙筹办召开了首届世界华文儿童文学笔会,并主编了50多万字的《世界华文儿童文学》丛刊,由希望出版社1993年10月推出。将全世界华文作家的优秀作品汇集成书,这在出版界还是第一次。

晚年,洪汛涛依然保持着旺盛的精力,为了儿童文学事业,为了孩子,他始终劳碌奔波着,默默奉献自己所有的力量。2001年9月22日,洪汛涛因病抢救无效逝世,享年73岁。他悄悄地走了,然而,他为祖国、为人民留下了彪炳史册的文学成就和弥足珍贵的精神财富。他在儿童文学领域的重要建树和卓越贡献,使他无愧为文学界的一位童话大师,也无愧于他致力于儿童事业的那颗挚诚奉献的童心。

蒋风

老而弥坚
不忘初心

蒋风，曾任浙江师范大学校长、儿童文学研究所所长，70余年来，一直致力于儿童文学创作、教学、研究，是我国著名儿童文学理论家。2011年，蒋风荣获与安徒生奖一起被誉为两大世界性儿童文学最高奖项的格林奖，是获得这一国际奖项的首位华人。评委会认为，蒋风教授是中国儿童文学界的先行者和集大成者，也是一名具有开创性的活动家，他的许多创新性举措以及所取得的成就不仅填补了中国在这一学科上的空白，使得中国的儿童文学理论研究跻身世界一流水平，并且推动了中国儿童文学整个群体的进步。

阅读开启追梦人生

蒋风，1925年出生在浙江金华一个小学教师家庭。祖父蒋莲僧是当地有名的画家，和张大千、徐悲鸿都有交谊，年轻时与黄宾虹一起在丽正书院读书习画,不仅协同合作,而且广搜历代画家作品和画论,互相切磋。蒋莲僧不慕虚荣,潜心艺术一直是他毕生的追求。从艺60余载,蒋莲僧虽曾出版过《蒋莲僧画册》《蒋莲僧山水画册》《蒋莲僧画页》等,但从未举行过画展。祖父的淡泊名利深深影响着蒋风一生。

蒋风兄弟4人,父亲是一个小学老师,他的收入无法养活一家人。在蒋风的幼年记忆里,有一件十分心酸的事情。因为家里穷,时常会揭不开锅,别人家买米,都是一担一担买,而蒋风家,更多的时候,是一斤、两斤买。

随着抗战硝烟的燃起,失学与饥饿接踵而至,小学和中学12年,蒋风断断续续读了6年。然而,饥饿困顿没有阻挡住一个有志少年的求知梦,逆境砥砺了蒋风的意志。从小,蒋风便形成了不屈不挠的个性。读小学前,蒋风是在母亲的教诲下热爱上读书的。母亲喜欢教蒋风念古诗词。她常常触景生情,随着不同的情境对蒋风进行诗教。有时候一觉醒来天亮了,听见窗外悦耳的鸟鸣声,她会说:"我们一起来背诵孟浩然的《春晓》好不好?"

就这样,母亲把蒋风带进了诗的意境,也让蒋风对诗歌产生了浓厚的兴趣。慢慢地,读诗、吟诗成了蒋风的习惯。在蒋风看来,读诗、吟诗不止有趣,甚至神奇。对于童年时代的吟诵记忆,蒋风后来说,这样的确有好处:一方面,养成了背诵的习惯,积累了背诵的经验;另一方面,童年的记忆力是无穷的,背诵的东西一直到现在还没有忘记,写文章时,很多古诗句都能运用自如。更重要的是,这些反复背诵的诗句涉及文史哲等各个方面,在不知不觉中培育了蒋风广泛的学习兴趣。小学四年级时,蒋风参加上海《儿童杂志》举办的"全国儿童作文比赛"，他的作文《北山游记》得了第10名。

小学时期，对蒋风影响最深的一本书是《爱的教育》。当时，数学老师斯紫辉每周给学生上一节故事课，故事的内容来自《爱的教育》一书。学期结束，斯老师召开主题班会，用书中的人物来命名好学生，于是他们班里有了勤劳的"裘里亚"，正直的"卡隆"，勇敢的"马尔柯"……

蒋风期待着老师对自己的命名。然而，直到班会结束，老师也一直没提到他的名字。后来，斯老师发现自己的疏忽，她将自己读的《爱的教育》送给蒋风。裹挟着温情的书本，拨动了小蒋风的心弦。蒋风说，正是斯老师的这本书，改变了他一生的命运。后来，在《从小便是小书迷》一文中，蒋风写道：

> 如今，六七十年过去了，斯老师娓娓道来的那些故事中的人物，仍栩栩如生地留在我的记忆中，还那么紧紧地抓住并震撼着我的心弦。也许，这就是诱引我走进文学世界的最初魅力吧。

读中学时，蒋风广泛阅读文学经典，旧书店淘书成了那时最美好的回忆。除了阅读国内经典文学作品，蒋风还对苏联文学作品特别感兴趣。苏联著名作家班台莱耶夫的小说《表》就是蒋风最喜爱的作品之一。在此期间，蒋风还给当时的《东南日报》投稿，杂文、散文、诗，大多被采用。

1942年6月，蒋风步行一个月到达福建建阳参加高考，考上暨南大学中文系,却因无力承担学费于次年改考公费的英士大学。蒋风随英士大学的变迁读完了4年大学。4年的大学生活,不仅使蒋风找到了自己更喜欢和更适合的阅读书目,也使蒋风度过了一段最热闹、最活跃、精力最充沛的愉快时光。1943年,他的儿童文学处女作《落水的鸭子》发表。

毕业后,蒋风任《申报》驻浙江记者,并继续儿童文学创作。就在此时,他从《申报》上看到一则消息:3个少年看了荒诞的连环画,结伴到四川峨眉山修仙学道,最后跳崖"飞升"自杀身亡。这一惨剧震撼了蒋风的心,他深感儿童文学对塑造少年儿童的人格和心灵实在太重要了……

在儿童文学领域默默拓荒

中华人民共和国成立初期,蒋风投身到儿童文学创作和研究中,这时的中国儿童文学界满眼寂寞。他先后在金华的文化馆和中学工作,边工作边创作,还担任了金华文协主席。当时,党和政府提出"学习苏联"的号召,全国许多师范院校学习苏联在大学里开设了儿童文学课程。如北京师大的穆木天,东北师大的蒋锡金,华东师大的宋成志,浙江师院的吕漠野,广西师院的黄庆云等,都在各自的大学里开设儿童文学课。

1956年,蒋风调到浙江师范学院教授儿童文学课,成为新中国第一批走上大学儿童文学讲坛的拓荒者之一。当时,儿童文学是一门相对年轻的学科,在大学的中文系里被认为是"小儿科",普遍不受重视,学术水准也无法与传统学科相比。尽管如此,蒋风还是沉浸在这门学科中,没有现成的教材,蒋风就白手起家,从中外文学遗产中点点滴滴搜寻、整理、积累。三载寂寞讲台,他的讲稿汇成《中国儿童文学讲话》一书,于1959年出版,并马上被华南师大、南京师大等高校列为儿童文学参考书目。两年时间,此书一版再版连印3次,印数达4万余册,被学术界认为是"一本中国儿童文学史的雏形"。著名儿童文学家鲁兵评价说,该书是我国儿童文学的"史略"。

接着,蒋风又和人合编了一本《儿童文学资料》内部发行。为了研究鲁迅对儿童文学的贡献,他把《鲁迅全集》通读了一遍,把鲁迅对儿童文学的有关论述,一一摘录下来,做成卡片,编成《鲁迅论儿童教育和儿童文学》一书,于1961年在少儿出版社出版。

然而,正当蒋风想把儿童文学当作一门学问来做时,却因高校推行"学制要缩短,课程要精简"的政策,大学里的儿童文学课被精简掉了。蒋风开始转教民间文学,后来民间文学也被精简了,他不得不改教现代文学和写作。但是,蒋风对儿童文学的爱好没有改变,他仍利用业余时间作儿童文学研究,发表论文百余篇,后来由湖南人民出版社出版《儿童文学丛谈》,贵州人民出版社出版《儿童文学漫笔》。

1978年,改革开放的大潮滚滚向前。这年深秋,蒋风应邀到江西庐山参加了由教育部、国家出版局、文化部、团中央、全国文联等联合举行的全国少年儿童读物出版工作会议。与会代表呼吁:儿童读物严重落后的状况必须尽快改变;高校必须尽快恢复儿童文学课,并尽快招收儿童文学研究生。会议期间,主席团成员之一的严文井召开了一次小型座谈会,陈伯吹、贺宜、金近、包蕾、鲁兵等七八位中国儿童文学界的权威,还有蒋风,共同商议编写《儿童文学概论》。蒋风承担了这一重任。

从庐山回来,蒋风就像个高速的陀螺不停旋转。在浙江师范学院领导的支持下,在全国高校中第一个恢复儿童文学课;创建了全国第一个儿童文学研究室,并招收了全国第一个儿童文学硕士研究生吴其南;建立起全国第一个儿童文学专业资料室。1980年,蒋风的专著《儿童文学概论》出版,赢得一片叫好声,被评为新中国成立后"第一本系统的儿童文学专著","填补了我国儿童文学理论研究和教材的一项空白"。作为教材,它把一代代学者引入儿童文学理论的殿堂;作为理论专著,它初步构建起了中国儿童文学的理论框架。此后,在蒋风的主持下,一系列儿童文学理论成果陆续出版:《儿童文学教程》《中国现代儿童文学史》《中国当代儿童文学史》《外国儿童文学史概述》……

1984年,蒋风被任命为浙江师范学院院长。在他的努力下,一大批儿童文学专家、学者云集于此。也是在此时,浙师院受到国内国际儿童文学界的广泛关注,被国际儿童文学界誉为中国儿童文学研究重镇。

耕耘教坛七十余载

怀着对儿童文学的热爱,蒋风从未放下过教鞭。如今,他即便不给本科生、硕士生上课,仍坚持在家批改、指导学生的论文、作品。耕耘教坛七十余载,蒋风桃李盈门。在当今的中国儿童文学学术界,一大批学术带头人和专家教授都是他的学生。1988年首次全国儿童文学理论评奖,6名获奖者中有4名是蒋风的学生。第十届国际儿童文学学术会议上,有5名蒋风学生的论文入选交流。

他们的青春光芒和学术锐气,包含着导师的厚望和指导有方。蒋风对自己的研究生有4条基本要求:第一是要求每位研究生树立起献身儿童文学事业的理想;第二是要求研究生在学习生活中培养起敢于战胜任何困难的顽强毅力;第三是要求他们珍惜时间,善于利用时间,提高单位时间的效率;第四是要求他们重视研究方法的探索和运用,不仅要重视儿童文学本身的研究,而且还要重视方法的研究。

1994年,蒋风离休,他离不开心爱的儿童文学,于是创办了中国儿童文学研究中心,免费招收非学历儿童文学研究生,至今已经24届,招收了600多名学员,学员来自大陆及港台地区,甚至新加坡、马来西亚和日本。他们中已出现一批名震儿童文学界的佼佼者。

2015年,我成为蒋风非学历儿童文学研究生中的一员,我并不擅长儿童文学创作,老师根据我的特点,鼓励我往报告文学方向发展。这一年年底,我着手创作《蒋风传》。隔三岔五,我都要到蒋风老师家采访。蒋风从来不以"大学者"自居,而始终把自己当作一个普普通通的读书人。在我写作过程中,他经常是看到有价值的资料和书就给我备一份。一次,我上门看望他,他说:"前些天,我从报纸上看到一篇文章很好,就剪下来给你留着了,对你写作有用,你拿去看看。"

在蒋风老师的指导和关怀下,我的写作进行得很顺利,一年的时间就基本完成了写作任务并在金华市当地一家报社的副刊连载。后来,《名人传记》《作家通讯》《中华读书报》《散文选刊》都先后刊发了我撰写的《蒋风传》部分章节,这让我这个年轻作者有了勇气和自信。与蒋风老师的情谊,令我想起那句古话"生不用封万户侯,但愿一识韩荆州"。这么多年来,蒋风最难能可贵的是他始终不遗余力地扶持青年人。他常常为青年人撰评作序,不拒绝任何一个上门的来访者。在他这里,那些来自远方的访客和书信,都会得到热情的回应。

学术研究要有广泛的交流,任何一门学科的发展,都离不开交流。蒋风致力于中外儿童文学的交流可谓不遗余力。1987年,蒋风邀请日本著名学者鸟越信教授来浙江师大为研究生讲授《日本儿童文学史》课程,这在当时是人们想都不敢想的事。1990年,在蒋风的建议下,亚洲儿童文学大会召开。1993年2月,蒋风应聘到日本国际儿童文学馆担任专家级客座研究员,做为期半年的研究。蒋风先后多次应邀赴美、日、韩、新、马等国家和我国港澳台地区访问讲学或出席会议,如到韩国檀国大学以及中国的香港大学、香港中文大学、台湾台东师院讲学。

2015年暑假,由蒋风组织的第二十届全国儿童文学讲习会如期举行。当代著名诗人、中国作协副主席吉狄马加做了"我国当前诗歌现状以及当代诗人如何创作更有穿透力的作品"主题讲座。讲座结束后,蒋风第一个向吉狄马加提问,请他谈谈对于对儿童读诗、学诗、写诗的建议。

虽然年届九旬,蒋风对新讯息的关注却丝毫不亚于年轻人。他经常参加各种学术会议,并时常到学校与师生交流。2015年9月19日,浙师大儿童文化研究院举办红楼儿童文学新作第20场作品研讨会。会上,蒋风发表了热情洋溢的讲话。他呼吁,童谣作为一种文化遗产值得儿童文学作者珍惜,儿童文学作者有责任让它回到孩子们的生活中来。

2016年,金华市第一届儿童文学创作培训班举行。这是全国首个地市级儿童文学创作培训班,也是浙江省举办的最大规模的儿童文学创作培训班。蒋风为这次培训班的举行而感动,他不仅亲自为学员们授课,授课结束还参与学员的分组讨论。学员们提出的儿童文学创作方面的困惑,他都一一解答。

当著名学者刘绪源为学员们授课时,为了聆听刘绪源的学术观点,蒋风自己坐着公交车悄悄赶到现场听课。这份对儿童文学的热爱与痴迷渗透到蒋风生活的点点滴滴,也潜移默化地影响着一代又一代的年轻学者。

老而弥坚不忘初心

2017年,蒋风已92高龄,"勿言牛老行苦迟,我今八十耕犹力"。蒋风与陆放翁有某些相似之处:放达、乐观、老而弥坚。如果说陆游在反映生活的深度和广度上都达到了同代诗人难以企及的艺术高度,那么,蒋风在儿童文学理论研究的深度和广度上无疑也达到了同代儿童文学理论家未能企及的学术高度。他是唯一获得国际格林奖的中国人。他有放翁放达的一面,却没有放翁诗中的嗟老叹衰。

儿童文学这条路在他的脚下延伸着,仿佛一生都在抵达之中。我一直在琢磨,那一直支撑着他的原动力到底是什么? 蒋风笑道:

"这还真是很难说,记得小时候,有人问我长大干什么?我的回答是:第一,当记者;第二,当作家;第三,当教授。我想说,一个人来到这个世上,你总得为这世界创造点什么,留下点什么,为了实现自己的梦想,我挑战自己,想有更多的突破,永远不会停下前进的脚步,我就是这样的人。"

2015年11月12日,第二届陈伯吹国际儿童文学奖揭晓,蒋风荣获"特殊贡献奖"。他在发表获奖感言时说:"虽然我90岁了,但我仍然把自己当作'九零后',希望保持一颗童心,坚守到生命最后一刻。"对于这次获奖,蒋风谦逊地说道:"我只是一个普通的儿童文学教师,做了一名儿童文学工作者应该做的事。"

蒋风一向过着简朴的生活,能节省的地方尽量节省。而对于儿童文学事业,他一向都很慷慨。2011年获得国际格林奖之后,蒋风首先想到的是推动中国儿童文学的理论研究。他四处奔走,终于在2014年设立了"蒋风儿童文学理论贡献奖",每两年评一人,他的奖金就是本金之一。同为儿童文学理论家的刘绪源是这个"理论贡献奖"的首届得主。刘绪源说,蒋风先生此举,将国际奖和中国奖联结起来,在同行间广结善缘。

人们钦佩蒋风,不仅是因为他的生命长度,还在于他的生命质量。晚年,蒋风仍然笔耕不辍,工作激情不减。2016年,他申请的国家社会科学基金的年度重点科研项目获批,在3年时间里,他要完成一部鸿篇巨制——约有300万字的《世界儿童文学事典》修订本。蒋风觉得,中国是一个大国,儿童文学是人生最早的教科书,也是一个国家文化发展水平的标尺。然而,在中国这一学科却缺少一本详细的工具书。

早在 1992 年,蒋风编写过《世界儿童文学事典》。可是,时隔多年,很多内容都需要补充、完善,他一直找机会修订再版。蒋风找到希望出版社,早年,蒋风编写的《玩具论》在希望出版社出版后获得了第二届中国出版政府奖图书奖。他希望修订后的《世界儿童文学事典》能够得到出版社的出版支持,希望出版社同意了蒋风的请求,这也消除了蒋风最大的顾虑,他修订后的书可以顺利出版。

2016 年年初,抱着试试看的想法,蒋风向浙师大提出申报国家课题,学校认为,蒋风教授虽然 91 岁了,但以他在国际国内儿童文学界的影响,或许能够申报成功。同样是抱着试试看的态度,学校将蒋风的《世界儿童文学事典》作为国家年度重点科研课题申报。

没想到的是,该课题顺利获批。蒋风很意外,他说:"我清楚地知道自己老了,但我的思维还很清晰,之所以编写《世界儿童文学事典》修订本这个一般人不愿意做的课题,不是想逞英雄,只想老有作为……"

蒋风曾下过决心,他一边搜集资料,一边做着修订工作。他说,哪怕国家不批准这个课题,他也要做。他要把这本书当作自己的儿子,希望它更加完美,作为工具书,最好一点错误也没有。

课题申报后,蒋风便在全世界范围内广发"英雄帖",日本、韩国、马来西亚、新加坡、我国台湾地区……他邀请了国内外一批长期从事儿童文学创作与研究的专家,和他一起编写《世界儿童文学事典》修订本。

蒋风说,一个人来到这个世界上,总要为这个世界添点光彩,有一分热就发一分光,在走到人生终点前应该有半分热,最好也发半分光。

蒋风老师多次跟我说:"要相信自己,坚持阅读和写作,肯定会有大成绩。"

我问蒋风老师:"我算是你的关门弟子吧?"

蒋风反驳道:"谁说我要关门了,我还要一直广播儿童文学的种子,做我力所能及的事情。"

蒋风常说:"立身处世近一个世纪。至今,我还琢磨不透世事的风云变幻,也未熟谙人间的阴晴圆缺。但面对大千世界,芸芸众生,我从不羡慕他人的荣华富贵,也不为自己的一生清寒而失意感叹。我专注地向往自己的一方蓝天,为孩子们工作,为明天更美好而工作,这就是我应该走的路,这就是我的事业。"

蒋风一生警醒,始终没有高高在上。是大师,更是草芥。2017年,我参加全国报告文学年会,活动结束后,我第一时间上门,向他讲述这次活动的概况。那天,他告诉我,从2011年获得国际格林奖后,他一直在做一件事,应复旦大学出版社的约稿,牵头编写百万字的《中国儿童文学史》,5年过去,终于完稿。在中国,没有一人做过这件事,而蒋风,做到了。

生命就像池水,只有持续注入新的养分才能成为活水,人只有不断学习,生命才不会僵化。我想,蒋风便是这样,七十余载教坛耕耘,他取得了令人瞩目的学术成就。世界在他眼中风云变幻,而他依然不忘初心,继续前行。

永远的「小太阳」 林良

谈起台湾作家，余光中、柏杨、李敖、龙应台、三毛等已是家喻户晓，近年来，以林良为代表的台湾儿童文学作家也为大陆百姓所熟知。

林良是台湾现当代儿童文学之父，享有大家长、领航者、常青树的美誉。他长期致力于儿童文学、亲子教育等写作，创作与翻译儿童文学作品200多册。他最著名的代表作《小太阳》是一部关于家、关于爱的作品，自初版至今，已在台湾重印了130多次。

2014年，《小太阳》由福建少年儿童出版社引进，被列入向全国青少年推荐的百种优秀图书，成为两岸儿童文学爱好者的共同记忆。林良的一生也像"小太阳"一样，温暖、照耀着一代代家庭。

在阳光和涛声中成长

林良，1924年10月出生于厦门鼓浪屿。从小，他就在海边成长,厦门的海湾洁白静谧,走过长长的海滨,能看到白浪层层叠叠拍沙涌来。小时候,林良经常和小伙伴们一起捉小螃蟹,傍晚,他就和家人一起坐在海边大礁石上,边聊天边看落日慢慢坠于海平线下。阳光和涛声伴着林良成长,使他的童年充满欢乐。

林良生长在书香之家,父亲是化学技师,爱看化学方面的书,母亲爱看中国旧小说,舅舅喜爱英美文学,在浓厚的学习氛围中,林良养成了爱读书的习惯。他尤其爱看舅舅的书,那些书都加了封套包好,每次看都得先洗手,因此,他从小就懂得爱护书籍。

林良还未上小学时,父亲就给他买来了中国四大名著连环画,林良很是痴迷,看得津津有味。上小学后,父亲又给他订了上海出版的《小朋友》《新少年》月刊。每到周末,爱看书的父亲就带着他到书店"大采购"。父子两人穿梭在书的海洋里像两条鱼。父亲忙碌的时候,林良就一个人跑到书店,没钱买就站着看。

有一次,林良在书店读到一本好看的书——《苦儿流浪记》,他沉迷其中不能自拔,站着看了很久,一直站到两腿发麻,然后像仙鹤一样,先抬一只脚,再换另一只脚。天黑时书还没看完,热心的书店经理倒水给他,招呼他到办公室去看书,这让林良很感动,他平常是一个不爱说话的孩子,可是那天他走到书店经理面前,很郑重地鞠躬,说:"谢谢,再见。"

纯真的童年阅读给林良留下了深刻的记忆,他常常等家人睡着了,一个人偷偷爬起来继续阅读,然后写几百字才会安心睡觉。林良曾在《永远的孩子》一书中写道:"读初中时,下午4点放学,我常常建议大家到港仔后海滨浴场散步。退潮时候,海水把那一片白色沙滩留给了我们。我们在那里追逐,演练擒拿术,练习'跳降'。我们也常常在一起背诵白居易的《琵琶行》和《长恨歌》，看看谁的记性好，能够一句不落、一路背到底。"

读高中时，副校长教林良他们说话课。校长要求每人都准备两个本子。一个本子把问题写下来，下课的时候交上去，领回上一堂课的本子，上面有校长的回答。林良曾经在本子上提过一个问题：我不懂得怎么样跟别人和睦相处。校长建议他去看看《卡耐基处世教育》。

林良从阅读中找到了答案。之前相处不好是因为人都是不认错的，永远不认为自己有错，如果能够做一个虚心的人，明白自己也会犯错，就可以跟别人相处得很好。林良认识到，永远不要太坚持，不要以为自己才是对的。林良也在阅读中渐渐成长、成熟。

从台湾走上儿童文学创作之路

抗战爆发后，日军从海上攻占了厦门，林良不得不跟随父亲开始海上流浪，先后辗转香港、越南、漳州，抗战胜利后才回到厦门，供职于《青年日报》。这期间，林良在短期就业和失业中变换着各种职业：店员、文员、代课教员、报社记者……

1946年，22岁的林良背起行囊来到台湾。当时，林良就职的厦门《青年日报》关门停办，作为家中的长子，林良急需找一份新的工作以供养母亲和弟弟妹妹。一天，林良在散步时偶遇他在漳州教书时的朋友。朋友恰好在教育系统供职，认为林良十分符合"国语推行员"的招考要求，让林良前往应聘。

林良后来回忆说，他们需要"国语推行员"，条件非常单纯，第一教过小学,第二会说厦门话。这两个条件,林良同时具备,除此之外,他曾跟随弟弟的国语老师学过"北平话",并读过一些国语讲义。于是,林良被顺利录用。在接受短暂的语言培训后,林良和一同被录用的伙伴乘坐美国军舰到达台湾。

最初,林良在"国推会"中担任"国语推行员",由于具有掌握闽南语的优势,在担任了一段时间的"国语推行员"后,林良又担任"国推会"调查研究组干事,主要职责是进行有关国语和本省方言的调查研究。林良清晰记得,自己担任干事的第一份工作是编印《国语字音对照录》,起初是他一个人工作,后来变成两个人合力完成。

"国推会"成立以后,很重要的工作就是着力调查研究台湾各种方言音,并针对闽南语、客家话编订"方音注音符号",研讨比较学习的理论方法,这使既懂国语又通方言的林良更受器用。除了编订闽南语方言符号,林良还为电台的"国语发音示范"担任闽南语翻译。

1948年10月,以推行国语,普及语文教育为主旨的《国语日报》在台湾正式创刊,成为台湾推行国语的有力工具。从1948年发行以来,《国语日报》以及它的衍生读物影响了一代又一代台湾人。因为各种机缘巧合,林良被改派到《国语日报》编辑儿童版。因为缺稿,林良就自行上阵,并从这一时期开始儿童文学创作。他说:"为儿童写作,不同于平常的文章,要注意词汇是否能让儿童领会。所以,这也是一种挑战。"

《国语日报》的办公地点靠近植物园,旁边就是早期的"中央图书馆"。林良回忆当年:"我常和同事的小孩相处,听孩子们讲故事，仔细观察孩子们说故事的方法和表达方式、孩子们对什么事感兴趣或觉得好笑……逐步与他们建立友谊，指导孩子们的世界。"

孩子们都非常喜欢林良，他们常常在上学前，把早点和零食塞在林良的办公桌抽屉里。他们和林良保持着友谊，也成为他创作儿童文学作品的"隐身顾问"或"隐身读者"。

创作主题离不开孩子和家庭生活

自编辑《国语日报》儿童版开始，林良一生命运都与《国语日报》紧密相连，他历任《国语日报》社主编、编译主任、出版部经理、社长及董事长等职，直到2005年才正式退休，为《国语日报》工作长达57年。这期间，林良撰写和翻译的童书有200多种，儿歌写了1000多首，还有多种儿童文学理论专著。

林良创作的主题大多离不开孩子和家庭生活，他总是有说不完的好玩的事情，总是有趣味盎然的新发现。林良在《小太阳》序言中写道："如果我不怕记流水账的话，家庭生活的题材实在是俯拾即是。但是我写得很认真，痴心地想在流水账里寻求一点意味，入迷地拆散流水账，组合成新秩序。我对流水账并不抱反感，一切伟大的文学作品都是重新组合了的流水账织成的，问题是能不能织出'锦'来。"

《小太阳》中有这样的记载：星期天答应带老二去看一场《流浪一匹狼》。她也答应让我把书房的门锁上，赶快把稿子写完再出门，不来吵我。10分钟以后，她来敲门："爸爸，还剩几行？"我告诉她还剩80行。再过5分钟，她又来了："还剩几行？"为了表示有个进度,我只好告诉她:"还剩 60 行。"接着,"还剩几行?""50 行。""还剩几行?""20 行。""还剩几行?""9 行。""还剩几行?""一行。""一行写完了没有?""写完了。""走吧!""走!"路上,她称赞我写稿子很快。我却在计划晚上等她睡了再动手写那篇稿子。

类似这样的内容比比皆是。翻开《小太阳》,人们无不被他的文字所吸引:"窗外冷风凄凄,雨声淅沥,世界是这么潮湿阴冷,我们苦苦地盼望着太阳。但是,我们忘了窗外的世界,因为我们有我们自己的小太阳了。小太阳不怕天上云朵的遮掩,小太阳能透过雨丝,透过尿布的迷魂阵……"

文字里有他的爱心和他深刻的人生体验凝成的机智和幽默。不管是小读者还是大读者,人们都觉得暖烘烘的,不由得总想去亲近"小太阳",享受"日光浴"。

《小太阳》也一直被称为中国当代和谐家庭的幸福圣经,自 1972 年初版至今,已经在台湾印了 10 版。在大陆,也很早为报刊连载,福建少儿出版社 2014 年引进至今已销售超过 20 万册,《小太阳》成为两岸几代人的美好记忆。

值得一提的是,近年来,林良的童书系列在大陆广受欢迎,获得中国桂冠童书奖、冰心图书奖、文津图书奖,连续登上百道网中文童书榜、三叶草故事家族童书榜和当当网童书频道热销榜,多年列入北京、上海、深圳和杭州等城市的推荐书目。2014 年 9 月,"林良作品研讨会"在中国作家协会会议厅隆重召开,这是两岸儿童文学界最为齐整的峰会。金波、曹文轩、管家琪、林焕彰、张子樟等两岸名家纷纷发言,向林良先生致意。

从容的慢生活

生活中,林良很慢,他永远以一种平缓的语调说话,永远是一副不急不躁的样子。讲话不急,吃东西不急,走路不急,写文章也不急,做事更不急……这"慢而不止的哲学"是他的养生之道,也是他的为文之道。

同行朱自强曾经在台湾多次见到林良,有两件事情令他印象深刻。一次是在台湾儿童文学学会乔迁之喜的典礼上,会场靠近机场,在林良讲话的时候,正好有一架飞机起飞,那声音很大,完全将林良的声音淹没。林良停下来,镇静地站在那里,等飞机飞过,他继续说:"我祝愿台湾儿童文学学会事业兴旺发达,同时我也祝福刚才在我们头顶飞过的那架飞机的乘客,祝他们旅途平安。"

有一次研讨会结束后已经很晚,主办方为大家准备了精美的点心。等车的时候,林良把那盒点心打开,一口一口津津有味地吃起来,吃完一个再吃下一个,节奏始终如一,平缓而持久,直到把一盒点心全部吃完。

林良常说,当他拿起笔来,总觉得窗外有些孩子,贴着玻璃看着他,整个鼻子都贴扁了。孩子长大了,又有新一代的孩子,盼望着好儿歌、好童话。他从不松懈,希望写出来的文字,让每一代孩子都能喜欢。

林良有3个女儿,在孩子们的成长中,他很少责备,大多是鼓励。老大还没上幼儿园的时候,拿彩笔打纸,红红绿绿,黄黄蓝蓝,在纸上点了数不清的点子,这幅使人眼花的《五彩芝麻图》,得到林良"空前夸大的赞美",并成为他收藏的老大的作品的第一号。老大受了鼓励,也可能是对林良夸大的表情产生了兴趣,只要抓起蜡笔就要敲打一阵,创作一番,终于在4岁以前,完成第一部精选的画集《点儿集》,共30幅。

不要轻易发怒,要有耐心,要包容一切,这是林良跟孩子们相处时遵守的原则。有一次在家里,姐妹3人打架,桌椅板凳乱飞,妻子跑去找林良,说:"你没听见吗?她们都打起来了。"林良不慌不忙地说:"要让孩子打一打架。打架有打架的好处,孩子在打架中也能得到成长。"

曾经有调皮的孩子把球踢到屋里来,林良一次一次地开门给孩子们捡球,但他没有苛责孩子们,他心想我倒要看看孩子们到底还要踢进来几次。最后一次,孩子们抱着球对他说:"谢谢,我们到其他地方去踢。"

晚年对家乡一直怀着深厚的感情

晚年,林良一直很怀念家乡厦门。在台湾,林良时常会想起厦门的海。"上小学四年级时,每天早上,我跟弟弟走路去上学,途中要经过一段长长的海滨公路,海港就在我们的右手边,我们总是一边走路一边转头看海。"林良说,后来他们全家搬到鼓浪屿念初中,他也经常和父母一起去鼓浪屿的海边沙滩散步,聊天谈心。

他还提到,小时候常去厦门中山公园里的"儿童游戏场"玩滑梯、划船。儿时的林良住在厦门的中山公园旁,公园四周有弯铁栏杆,公园内有一所美术专校。林良常和朋友们越过栏杆,在公园里玩耍,欣赏美专学生们写生。

后来,他曾数次回到厦门探亲访友,对厦门的印象也很好。他常常说,虽然大陆和台湾隔着浅浅的海峡,但是儿童文学是没有距离和边界的,他会一直为两岸的孩子书写美好童话,让更多小孩子喜欢。

闽台儿童文学研究所所长、厦门城市职业学院教授陈世明曾分别于2015年、2016年去台湾拜访过林良,对他的印象颇深。

"他当时已经90多岁了,但听说我们是从厦门过来的,特别高兴,特地来接待我们。"陈世明说,林良很有家乡情结,聊天时,总是不断问起家乡的建设情况、闽南以及大陆的儿童文学发展的情况等,并给出不少好建议。

令陈世明印象最深的,是林良对闽南美食土笋冻的喜爱。"每次有大陆的朋友去看他,他总是要对方带闽南这边的土笋冻去。"陈世明说,她第一次去拜访林良时,带的是干的土笋冻,味道一般。第二次去时,就给他带去新鲜的土笋冻,"他很开心,还特地写了一篇散文,来抒发自己的思乡之情。"

年过九旬,林良依然笔耕不辍,保持着5个专栏同时进行、一周见报8次的写作频率。很多人问他写作要写到什么时候,他用童诗《骆驼》作答:骆驼有写不完的沙漠故事,每一步就是一个字。长长的故事够他写,忘了日晒,忘了口渴,从来不问:到了没有,到了没有?

写累的时候,他会站起来直直腰,喝一杯冰咖啡,吃一块巧克力蛋糕,然后慢慢地踱至窗边,静静地望着窗外,目光里含着微笑。

林良从不惧怕变老。他说:"岁月算什么,岁月是淡淡的光影,只有童年才是贯穿一生的。"2019年12月23日凌晨,林良在睡梦中辞世,享年96岁。这位一生致力于儿童文学创作的儿童文学作家,也将化为永恒的小太阳,永远温暖着一代又一代的读者,永恒地温暖人间。

孙毅

永远的儿童

　　在儿童文学界,孙毅被朋友们称为"老顽童"。他的率性,他的牢骚,他的嘻哈快乐,他对老朋友小朋友一概的古道热肠,都在圈内广为传播。对此雅号,他悠然自得,他的上网户名就由拼音"LWT1923"组成。

　　"老顽童"一点不假,90多岁还经常骑着电瓶车穿梭在大街小巷,95岁时写出了长篇儿童小说《上海小囡的故事》三部曲,97岁依然把每天的生活安排得井井有条,写诗、吟诗、作画、行走、阅读、听京剧……

　　孙毅一生痴迷儿童剧,但真正促使他拿起笔来、投身并热爱儿童戏剧一辈子的,是宋庆龄曾经对儿童戏剧的期许:希望中国有个专为儿童演戏的剧团,希望通过戏剧培育下一代。

受宋庆龄影响,从小立志当演员的他选择做了编剧

孙毅1923年出生于上海一个普通的小市民家庭,父亲不识字,靠在上海恒丰路桥下经营茶馆为生。孙毅的童年时代和少年时代就是在茶馆度过。每天天未亮,老茶客们就会来茶馆喝茶,流浪艺人抱着破京胡卖唱,这样的场景给孙毅留下了深刻印象。他从各种韵味中逐渐听懂了不同方言的地方戏——京剧、越剧、淮剧、评弹以及上海的滑稽、小热昏等。小学三年级时,孙毅遇到了京戏迷的音乐老师,把他收进了京戏小组,教他唱《上天台》。那时,每天放学后,孙毅就翻开大戏考,跟着收音机哼唱。

受此影响,孙毅从小立志当一名演员。父亲认为当戏子"下三流"而拼命反对。孙毅全然不顾,偷着把父亲逼他去读英文夜校的钱报名进了上海电影话剧专科学校。然而,抗日战争的爆发打破了孙毅的演员梦,他投入到当时上海学生与工人的爱国民主运动中。他拿起笔写传单、快板、朗诵诗、活报剧,这些合辙押韵的语言文字,像犀利的匕首,在当时的反饥饿求民主斗争中起着作用。

1946年,上海的民主革命浪潮高涨,宋庆龄卓有远见地提出关心教育下一代的问题:"希望中国有个专为儿童演出的剧团,儿童是国家未来的主人,通过戏剧培养教育下一代,提高他们的素质,给予他们娱乐,点燃他们的想象力,是最有教育意义的事。"

孙毅读到这一主张后深受触动,他说:"正是这一席话,成为我一生为之追求的理想动力。"当时,宋庆龄不顾环境艰险,在中共地下党刘厚生等人协助下筹建了"儿童剧团"。1947年,孙毅从中国

新闻专科学校毕业后,出于对戏剧的爱好,参加了地下党的外围组织"中国少年剧团"。地下党老大哥、儿童文学家包蕾成了他的老师。包蕾当时写戏剧和电影已经很出名,在参与他编剧的《胡子与骆驼》《巨人花园》演出时,包蕾手把手教孙毅如何写剧本。孙毅学得很快,并试着为剧团写了反映孩子苦难生活的《新渔光曲》《压岁钱》《病从口入》等短剧,这些小戏到学校演出后受到欢迎。

1949年后,孙毅被调到中国福利会儿童剧团,这是他梦寐以求的地方。然而,正当他兴致勃勃筹备儿童剧团创作室时,1953年2月,中国福利会决定调孙毅任《儿童时代》社副社长、主编。当时,作为中国福利会会长的宋庆龄知道孙毅怀着编剧梦,特意在签发调令时让孙毅兼任儿童剧团创作室主任。孙毅很高兴,因为虽走上了儿童文学编辑岗位,但仍能继续创作。在《儿童时代》的7年,孙毅忙里偷闲创作出版了儿童剧《一张电影票》与《小白兔和小花猫》。同时,他还为中国福利少年宫写了舞剧《群雁高飞》和歌舞剧《公鸡会生蛋吗》,参加了首届和第二届"上海音乐之春"演出,并获奖。

1963年,孙毅被调到成立不久的上海木偶剧团担任编导组长和艺委委员,5年里,孙毅对现有的木偶制作进行了改革,将当时只能演传统京剧的木偶发展成可以演民间故事、演童话,特别是可演现代人物的新木偶。与此同时,他参与编写了《兔子和猫》《南京路上的好孩子》《南方少年》等10多个大型木偶剧和《五彩小小鸡》《毛毛小淘气》等10个小型木偶剧。

孙毅默默耕耘儿童剧创作,用最最钟爱的戏剧艺术给孩子送去快乐和欢笑。从1949年上海解放一直到1986年离休,这37年是他儿童剧创作的鼎盛时期,共出版了13本儿童戏剧和儿童相声,约100多万字。

带领儿童剧团赴京向毛主席和中央首长汇报演出

1952年秋天,应文化部沈雁冰部长的邀请,孙毅随同中国福利儿童剧团的小演员们到首都北京,参加新中国成立3周年国庆,并向毛泽东和中央首长作汇报演出。为赴北京演出,孙毅赶写出木偶剧《兔子和猫》。作为生活学校部主任,他负责小演员们赴京演出的日常。1949年前,小演员们大多过着饥寒交迫的生活,家庭贫困,衣食无着。最初,宋庆龄收他们到"儿童福利站"学习文化,学演戏。新中国成立后,小演员们住进了中国福利会儿童剧团的花园"洋房"。

得知要到北京参加演出,孙毅和孩子们都很激动。到达北京后,小演员们就投入到了紧张的排练工作,儿童剧、儿童舞、合唱……孩子们精心准备,力求使节目更好地呈现给毛主席和中央首长。

10月22日晚,汇报演出如期到来,大家的心情很复杂,喜悦、兴奋而又紧张。演出的第一个节目是合唱,大家唱得都很有劲,情绪也随着歌声达到高潮。接着演出民间舞蹈《狮子舞》、歌舞剧《消灭病菌》、管弦乐合奏《红领巾组曲》、中国古典舞《哪吒》、儿童舞《足球》等,一个个节目演得都很顺利。毛主席和中央首长看了都非常高兴,特别是看到最后的木偶剧《兔子和猫》时,毛主席笑得合不拢嘴。

演出结束后,毛主席和所有中央首长都站起来向小演员们鼓掌、招手。小演员代表郑明还向毛主席献花。毛主席弯下身接过花束,握着郑明的手亲切地问:"你们都好吗?"郑明急忙说:"我们都很好,大家问您好,祝您身体健康!"毛主席笑着点点头。

有趣的是,当大幕落下,一位调皮的小演员不管事先强调的纪律竟撩起大幕钻了出去,随即,其他小演员也哧溜溜地钻了出去,这时大幕只得重又升起来。毛主席没料到会有这么精彩一幕,他刚坐下,孩子们又从大幕里钻出来了。他忍不住笑着又站起身来,所有的中央首长都跟着站了起来,又是鼓掌又是招手。孩子们在台上尽情雀跃、欢呼,大家都沉浸在幸福中。

第二天,邓颖超传达了毛主席的话,说毛主席看了孩子们的演出非常高兴,要儿童剧团为北京市优秀少年儿童演出4场,演出地点选在召开第一次全国政治协商会议的"怀仁堂"。这是毛主席对儿童剧团的最高赞赏,也是对北京人民和少年儿童的热爱和关怀。

在北京汇报演出的40多天,儿童剧团共演出30多场次,观众达3.7万多人,百分之六十是少年儿童。儿童剧团还向志愿军伤员、解放军、劳动模范、工人、国际友人、文艺界人士做了多场演出,都受到热烈欢迎和亲切鼓励。

几十年后,小演员们大都成了艺术家,他们有的是剧院院长,有的是导演、表演艺术家、作曲家、乐队指挥……晚年,回忆起当年的情景,孙毅仍然沉浸在幸福中。

"我就是一个充满童心活泼可爱的老顽童"

孙毅性格豪爽,对人对事总是乐呵呵的,他曾给自己印过一张名片,上面写着:"孙毅——作家、画家、老顽童"。

1986年,孙毅离休了。离休后,他仍然潜心创作,先后创作了《小学课本剧》和《中学课本剧》,受到广大师生的欢迎。孙毅80岁时,《少年文艺》给任溶溶、圣野和他颁发了儿童文学事业的"杰出贡献奖"。孙毅调侃写了一首打油诗:"三个八十白头翁,活得快乐又轻松,你想问问为什么,个个天真像儿童!"

捧着鲜花和奖状,孙毅思考着,荣誉只能说明过去,我还能为孩子贡献什么呢?于是,他又萌发了出丛书的念头。在其夫人的鼓励和支持下,历经两年自编自校,集儿童剧《小霸王和皮大王》、小学课本剧《秘密》、中学课本剧《美猴王》、木偶剧《五彩小小鸡》、儿童相声《嘻嘻哈哈》及《娃娃剧场开演啦——孙爷爷教你写剧本》等于一体的《孙毅儿童剧快活丛书》上架,为祖国的未来献上了耄耋老人的一片挚爱。

孙毅痴迷儿童剧,他认为戏剧能激发孩子潜能。孩子在玩的过程中,能自发地发展各种能力,如随意注意与随意记忆的能力的发展,语言能力的发展、创造性思维的发展;同时,孩子还能在游戏中,领悟个人服从团体的规则,培育孩子遵守秩序、自控能力等。为此,孙毅一直致力于推动中小学语文课本剧活动的开展。他经常骑着电瓶车下社区、进学校,为孩子们办讲座。他不求名利,主动把自己创作的剧本送到少年宫和学校,他说,"我的报酬就是孩子们的欢乐与欢笑,他们馈赠我的欢笑,是我的无价之宝。"

孙毅很喜欢和小朋友们交朋友,孩子们上门,他总是热情接待。有一次,《小主人报》的小记者希望采访他,孙毅满口答应,回答孩子们的提问时,孙毅思维敏捷,滔滔不绝,不时还露出老顽童"淘气"的笑脸。小记者问他:"孙爷爷,您创作的作品充满童趣,您是怎样让自己一直保持有一颗童心呢?"孙毅说:"我一直把自己当成儿童,我就是一个充满童心活泼可爱的老顽童。我作为一名儿童戏剧作家,从1949年前就开始写儿童剧,那时,生活黑暗痛苦,我写的都是悲剧。现在生活光明幸福,我写的都是喜剧,也许我的童心与工作有联系吧!"

他的率性,他的嘻哈快乐,也在圈内广为传播。80岁时,孙毅游玩贵州后写了童谣体游记《漂流》:"八十老翁去漂流,虎胆熊心气如牛;乘坐皮筏冲激流,连翻几个大跟斗;清凉溪水呛几口,跨上皮筏又抖擞;好似人生坎坷路,顽强拼搏争自由。"字里行间流露出孙毅的童心。

有一次,孙毅的后颈部皮肤突发神经性皮炎。奇痒难忍时,他采取欣赏戏剧转移注意力的办法。晚上被瘙痒弄醒,实在忍不住要去挠痒时,他居然想到将自己的双手缚在椅背上,这种近乎孩童般忽发奇想的妙招,确实让他战胜了一些不治之患。也正是因为拥有这样一颗活泼的童心,孙毅的生活充满活力。

晚年依然笔耕不辍,每天把生活安排得井井有条

孙毅说,他一辈子只做了一件有意义的事,这实在是谦虚。晚

年,孙毅仍然笔耕不辍,每天把自己的生活排得井井有条,写作、吟诗、作画、行书、阅读、听京剧……钟点工不在时,还要照顾比他小6岁的妻子,有时候还独自骑车去老年大学听课。

为了儿童文学发展,他始终劳碌奔波。在儿童文学低潮时期,他呼吁各界重视儿童文学,多开展一些儿童文学作家的实践和交流活动。他能量大,呼吁之后必有行动,骑着自行车四处奔走,多方牵线、搭桥,促成了不少文学活动。长年累月下来,他也成了人们心中热心而非凡的儿童文学组织者、活动家。

最近10年来,中国原创儿童文学异常火爆,也称"黄金十年"。孙毅并不放松,除了埋头写作、出书,依旧保持着应有的责任情怀。他曾多次找作协反映情况,说话时还窝了一肚子火。一次,某地出版了一套大型的儿童文学系列丛书,其他文学门类都有,竟不收录儿童戏剧和儿童曲艺,孙毅对此很愤怒。那时,他已80多岁,早无职位,却依旧为儿童文学发展忙碌着。

除了儿童剧,孙毅儿童文学创作的另一成果是童谣和诗歌。他曾听取夫人的意见将其统称为"山歌",从1947年在《新少年报》上发表第一首童谣《小铁匠》起,他的山歌已唱了70多年,并多次荣获全国及上海童谣大奖赛。

2008年,上海作家协会和儿童时代社为他召开了研讨会,并印发了他的山歌集《心诗》,收录了他对人生的感悟和他写的诗词以及画的国画。孙毅心想,既然《心诗》是他吐露心声之作,何不寄给国家领导人交交心呢?他于是随书附了一封信寄给时任国务院总理温家宝。他没跟夫人说,怕夫人笑话他说,总理这么忙,怎么会有时间看你的书和信呢? 没想到,书和信寄出不久,总理居然亲笔回信鼓励："您年事已高，仍笔耕不辍，关心国家大事，令人敬佩。诗写得很好，我很爱读。"这让孙毅备受感动。

2013年，第25届陈伯吹儿童文学奖颁布，孙毅获得杰出贡献奖。当时，作为评委之一的秦文君说，"记得这一票投出的时候，我脑海里浮现的，是孙毅老师扯着大嗓门，骑着自行车，风风火火为儿童文学活动奔波的形象。"

2017年初，已是94岁高龄的孙毅和几位老作家一起岁末小聚。孙毅说，他很想用积蓄办一个儿童诗的刊物，因现在儿童诗太薄弱，被边缘化了。当时，大家都被感动了。

95岁出版《上海小囡》，向读者讲述地下少先队的故事

孙毅一直想，行走在人生的边缘，他生命中最后一部作品，一定要把他所有的经历记录下来，告诉现在的小读者。于是，《上海小囡的故事》的创作计划在孙毅心中形成。早在1947年参加上海地下党组织开始，孙毅就想创作《上海小囡的故事》，70年后终成文字。

对写了无数儿童文学作品的孙毅来说，《上海小囡的故事》三部曲是孙毅第一次创作的小说，它包括《小银娣的悲惨童年》《战斗在敌人心脏里的少年队》和《野小鬼和野小狗的故事》。其中，《小银娣的悲惨童年》是写日本帝国主义侵占上海租界"孤岛"时期贫民儿童在苦难中求生存的故事；《战斗在敌人心脏里的少年队》是写1945年日本投降后，在蒋家王朝国民党的专制政权时期，在内战战火中，流浪儿童追求光明和恶势力抗争、为追求解放参与地下革

命工作的故事;《野小鬼和野小狗的故事》是写1949年中国共产党解放上海并成立新中国后,上海儿童追求幸福追求成长的故事。三部曲的故事虽然相对独立,内容并不衔接,但内涵却能够顺连在相似的成长主题之下。

简平作为这部作品的策划,回忆起孙毅在创作过程中的苦与乐时说,这部作品从创作开始就极具仪式感。一天,孙毅给简平打了电话,跟他约好见面的时间和地点。

"当我到那里的时候,惊讶地瞪大了眼睛。他骑了一辆助动车,戴了一顶帽子,兴奋地向我驶来,载着我,一路向小朋友招手问好。"简平说。

"你看我身体多好,我要开始写自己的小说了!"孙毅说着,带着简平在马路上兜了一圈,就这样,简平见证了《上海小囡的故事》的诞生。

其实,这部作品的创作过程并不顺利,创作过半之时,孙毅便病倒了,从此坐在轮椅上,剩下《上海小囡的故事》的创作,几乎全是在上海徐汇区中心医院的病床上完成的。

对于一位90多岁高龄的写作者来说,写这样一套大书是很艰辛的事情。为了保证这部长篇小说在史实上的真实准确,孙毅四处寻找当年的资料,还进行了大量的采访。创作中,他病倒了,但是他一直想完成自己的创作心愿,"以一个上海小囡的成长经历来反映我们国家所走过的艰难,所追求的光明,所达到的巨大而深刻的历史变迁。"神奇的是,创作完成后孙毅真的又站起来了。

因为戏剧与小说体裁的不同,创作过程中,孙毅时常向朋友求教。所以常常能看到,一位97岁德高望重的老作家,保持谦卑,放低姿态,将初稿交给从事儿童文学的老中青三代作家朋友,听取大家的意见。

经历时间的打磨,最终呈现在我们眼前的是一部这样的精品力作:它跨越了抗日战争和解放战争,新中国成立和改革开放,描述了在党的领导下,上海少年儿童的觉醒和成长,反映了底层少年儿童的生活,填补了地下少年先锋队诞生与壮大的长篇小说题材的空白。

一位老革命,在97岁高龄,常人能够想到的是功成名就、颐养天年、天伦之乐。而他,偏偏活成了一个不老的传说,始终坚守儿童文学创作初心。2021年8月11日凌晨,孙毅在上海逝世,享年98岁。孙毅的离去引起了儿童文学界的深切缅怀。他的文学人生也鼓舞着一代又一代儿童文学作家。简平说:"这位童心不泯的老顽童将永远载入中国儿童文学的史册,记在一代又一代读者的心中。"

后记

《光荣荆棘路上的跋涉者》即将出版了,我也了却了一个心愿。

2015年,我参加了蒋风老师举办的儿童文学讲习班,之后,我幸运地成了他的非学历儿童文学研究生。由此,我开始了儿童文学的自学历程。

大学时期,我学的是语文教育专业,语文教育专业有儿童文学这门课,但与语文教育专业的其他课程相比,儿童文学显然没有引起我的重视。

参加工作后,我没有进入教育系统,而是进了报社,为了不使自己的专业荒废,我去青少年宫教孩子们写作。在与孩子们的接触中,我渐渐明白了儿童文学这门学科的重要性。每周末,我在教孩子们写作的同时,都会给孩子们讲讲儿童文学作家的成长故事。孩子们期待的眼神和认真听讲的状态深深触动了我,我发现,儿童文学作家的人生经历会让孩子们收获颇深,而通过阅读儿童文学作家的作品,能够让孩子们爱上阅读。

　　于是,我在心中埋下一颗种子,希望在忙碌的工作之余,创作一本儿童文学传记供孩子们阅读。我想查阅有关儿童文学传记的书籍,有意识地开始阅读,一个偶然的机遇,我阅读了由蒋风、浦漫汀、樊发稼主编的"中国著名儿童文学作家评传丛书"。这套丛书囊括了叶圣陶、冰心、叶君健、高士其、陈伯吹、严文井、张天翼、金近、贺宜、包蕾、郭风、鲁兵、任溶溶、洪汛涛等14位儿童文学作家,由希望出版社于2001年正式出版,是一部堪称精品的大型丛书,具有发掘文化宝藏的意义和填补历史空白的性质。

　　通过阅读,我比较全面地了解了儿童文学先驱们的人生经历和创作历程,于是,我尝试写作,因为与蒋风老师熟悉,所以我就从蒋风老师开始写。2017年初,我创作完成了第一篇人物小传《一颗童心到永远——记儿童文学理论大家蒋风》,抱着试试看的心态,我将文章投给了《中华读书报》。幸运的是,《中华读书报》的编辑丁杨录用刊发了该文章,这让我非常惊喜,也更加坚定了我要认真写好儿童文学先驱们的传奇故事。

　　但我并没有把创作的想法立即告诉蒋风老师,因为怕自己没有能力做好这个事。于是,我就"偷偷"写作,心想,万一哪天坚持不下去了我就放弃。

　　我理了写作大纲,一边认真收集资料,一边认真阅读作品,每当夜深人静,我就一个人坐在书桌前认真琢磨怎么写。半年多的时间里,我创作完成了五六篇文章。这时,我才把想要创作一本儿童文学作家传记的想法告诉蒋风老师,蒋风老师当即表示:"这是好事,创作好了我来给你作序。"不仅如此,他还给我提供了很多参考资料和书籍,让我多阅读,多学习别人的写法,我深受感动。

在此后的一年多时间里,我不敢偷懒,也不敢浪费时间,每天都认真阅读和写作,并把创作完成的文章投给《名人传记》和《中华读书报》两家刊物。很幸运,我遇到的编辑都很注重扶持新人,《名人传记》主编陈思和编辑张静祎给予了我无微不至的帮助,特别是在张静祎的指导和帮助下,我创作的《蒋风:保持童心到生命最后一刻》《译林中人叶君健》《任溶溶:一生就是一个童话》《洪汛涛的童话人生》等文章先后在《名人传记》发表。《中华读书报》编辑丁杨也先后录用了多篇文章,3位老师的帮扶也让我信心倍增,我在自己规定的时间里顺利完成了写作。

创作完成后,我把书稿打印送给蒋风老师,请他批评指导。蒋风老师在阅读书稿后给予了肯定并提出了意见,同时还给我写好了序。不仅如此,他还积极推荐书稿给出版社,让我深受感动。这本书能够顺利完成写作,离不开蒋风老师的悉心指导和鼓励。

平日里,每次去蒋风老师家,他和师母都很热情,他们不仅鼓励我还给予我专业的指导。他们的无私和真诚在我心里留下了难忘的记忆。此生能成为蒋风老师的学生,并得到他的扶持和鼓励,是我生命中最珍贵的回忆。

当前,现实主义题材创作受到了更多关注,我们常说"中国梦",其实就是中华理想、民族之梦,为此我们要做好文化的传承工作。如今,市场上童书大热,相反,有关儿童文学现实主义题材的优秀作品却很匮乏,对中国儿童文学先驱进行全面系统地梳理、创作,我认为是很有意义的一件事。

然我能力微小,常感力不从心,不过我也略感自慰,因为我毕竟尽我所能,为儿童文学做了一件有意义的工作。我希望以此来纪念一个晚辈对儿童文学先驱们的敬重之心,并答谢儿童文学界对我的关爱。

　　还要特别指出的是,在写作过程中,我引用了"中国著名儿童文学作家评传丛书"及一些作家、学者的相关评论,限于条件,未能一一征得同意,在此一并致以歉意。

汪　胜

2021年7月22日